LUCIEN PINVERT

DOCTEUR ÈS LETTRES

UN AMI DE STENDHAL

LE CRITIQUE É. D. FORGUES

1813-1883

PARIS

LIBRAIRIE HENRI LECLERC

219, RUE SAINT-HONORÉ, 219

1915

UN AMI DE STENDHAL

LE CRITIQUE É. D. FORGUES

Tiré à petit nombre.

Émile FORGUES

Fac-simile d'une aquarelle inédite de Gavarni (1835),
Collection de M. Eugène Forgues.

Émile FORGUES
Fac-similé d'une aquarelle inédite de Gavarni (1835),
Collection de M. Eugène Forgues.

LUCIEN PINVERT

DOCTEUR ÈS LETTRES

UN AMI DE STENDHAL

LE CRITIQUE É. D. FORGUES

1813-1883

PARIS

LIBRAIRIE HENRI LECLERC

219, RUE SAINT-HONORÉ, 219
ET 16, RUE D'ALGER

—

1915

UN AMI DE STENDHAL

LE CRITIQUE E. D. FORGUES

JE dois à l'obligeance de M. Eugène Forgues, président de la Société des Études historiques; ce qui, peut-être, mérite l'attention dans les pages qui suivent. Les documents inédits qu'il a bien voulu mettre à ma disposition m'ont permis de présenter quelques observations sur les rapports que son père, le critique Émile Forgues, a entretenus avec l'auteur de la *Chartreuse de Parme*. Je les dédie aux dévots du culte de Stendhal, qui sont chaque jour plus nombreux.

J'en ai pris occasion pour rappeler les titres littéraires d'Émile Forgues. Cet écrivain fécond a été estimé de ses contemporains.

Il a tenu sa place aux jours du romantisme naissant, et après. Cet ami de Stendhal a été un adversaire du romantisme. et il a survécu longtemps à la bataille. A tout le moins, il devrait bénéficier de l'intérêt qui s'attache de plus en plus à cet âge merveilleux de renouveau artistique, de luttes sincères et de si riche floraison. On verra que son œuvre, abondante et oubliée, n'est pas, inventaire fait, indigne d'un regain de sympathie.

I

Paul-Émile Daurand FORGUES naquit à Paris le 20 avril 1813. Sa famille était originaire des Pyrénées. Son père avait fait les guerres de l'Empire comme officier de cavalerie et pris sa retraite comme colonel à la rentrée des Bourbons en 1815.

Après des études classiques commencées en province et terminées à Paris dans la pension Saint-Victor, qui suivait les cours du collège Bourbon (aujourd'hui lycée Condorcet), il se fit recevoir licencié en droit à Toulouse en 1833. Quelques essais dans le journalisme local lui permirent de donner déjà des gages au parti libéral, — le parti avancé de l'époque, — auquel il restera fidèle toute sa vie. Puis il revint à Paris et, sa famille le destinant au barreau, il se fit inscrire au stage et entra dans le cabinet de Delangle. Un biographe contemporain veut qu'il ait été alors « un des collaborateurs les plus actifs de la *Gazette des Tribunaux* (1) ». De cette collaboration je n'ai pas retrouvé la trace ; peut-être s'agit-il de ces comptes rendus, humoristiques et anonymes, qui étaient

---

(1) Louis HUART, *Galerie de la Presse, de la Littérature et des Beaux-Arts*, Paris, 1839 (1843), avec un portrait, lithographie de ALOPHE.

comme les « Tribunaux comiques » du temps. Enfin il fut secrétaire de la Conférence des Avocats.

Le public ne sait pas très bien ce qu'est cette Conférence, véritable séminaire des gloires futures du barreau et des carrières judi-
ciaires, qui fait quelquefois un peu parler d'elle en dehors du
Palais. Elle tient toute l'année des séances de travail et, une fois
par an, à la rentrée, une séance d'apparat. Ce jour-là, on y entend
trois discours, du bâtonnier, du premier et du second secrétaire.
Le bâtonnier exalte, une fois de plus, le métier d'avocat, donne
des conseils aux jeunes, prononce l'oraison funèbre des confrères
décédés pendant l'année écoulée. Le premier secrétaire fait l'éloge
de quelque grand « ancien ». Le second secrétaire doit se contenter
d'un de ces sujets qu'on pourrait appeler les « Variétés » profes-
sionnelles.

Le 25 novembre 1837, le bâtonnier était Delangle : un bâtonnier
de quarante ans !

Forgues, premier secrétaire, avait pris pour sujet l'éloge d'Henrion de Pansey (1742-1829), avocat au Parlement, membre du
Tribunal de Cassation sous le Consulat, conseiller d'État sous l'Empire, premier président de la Cour de Cassation sous Charles X.
Le second secrétaire était Ernest Falconnet, qui fut magistrat, conseiller à la Cour de Cassation, et très lettré. Il parla de l'*Influence
du Barreau sur nos libertés*.

Le discours du premier secrétaire était écrit d'un style oratoire
et soutenu, aujourd'hui un peu démodé, mais habile et élégant.
Ce n'est pas que l'exemple du vieux juriste fût excellent sous tous
rapports à proposer à la jeunesse. Comme Napoléon lui demandait
pourquoi il ne s'était pas marié, « Sire, répondit-il, je n'ai jamais
eu le temps ». Mais c'est à bon droit que Forgues prenait occasion
de cette existence laborieuse pour s'écrier devant ses jeunes confrères dans une péroraison pleine de sagesse :

« De telles destinées vous diront que l'habitude du travail
domine assez vite l'âme et lui inspire un généreux dédain pour
les joies grossières que l'homme demande en vain aux passions
les plus ardentes et les plus coupables ; qu'alors et quand on
est venu à aimer l'accomplissement du devoir pour lui-même,
l'étude et la science pour leurs purs entraînements, l'existence
se résume et s'absorbe dans ce culte sans déceptions : le zèle
se nourrit, en quelque sorte, de sa propre substance et n'a plus
besoin de mobiles étrangers à lui. Ces destinées vous diront
qu'une vie relevée, ennoblie, idéalisée à ce point cesse d'être
accessible aux chagrins comme aux plaisirs vulgaires ; les
revers ne l'atteignent pas ; les succès y sont à peine ressentis :
les uns et les autres sont au-dessous d'elle.

« Et si, comparant à cette grandeur dont l'Intelligence
revêt ses adeptes, à cette paix profonde qu'elle fait autour
d'eux, à cette satisfaction inaltérable dont elle les remplit, les
enivrements toujours éphémères, toujours incomplets, toujours
troublés, que les ambitions matérielles procurent, vous arrivez
à regarder ces derniers comme peu dignes de vos désirs, à
placer plus haut le but et la récompense de votre travail, à
spiritualiser vos espérances ; en quittant le chemin qui mène à
une prompte fortune, vous aurez peut-être pris celui de la
gloire, mais à coup sûr celui du bonheur. »

II

Ni le patronage du sévère Delangle, ni ces premiers lauriers,
présage envié de réussite professionnelle, ne devaient retenir Forgues au barreau. Faut-il se demander, comme il le faisait pour
Henrion de Pansey, « s'il fut éloigné des audiences par le dégoût
que les détails oiseux de la pratique inspirent aux intelligences d'un
ordre élevé, aux âmes douées d'une certaine délicatesse ? » Cette

belle phrase assurément ne trahissait pas chez l'orateur la soif du prétoire. Et les lettres l'appelaient irrésistiblement.

En rendant compte de son discours, la *Gazette des Tribunaux* (1) louait l'auteur pour « cette finesse de style, cet heureux choix d'expressions, cette justesse d'idées qui caractérisent les productions littéraires qui l'ont déjà fait connaître ». En effet, au cours de son stage, il avait donné des articles sur la littérature anglaise à la très importante *Revue de Paris*, et ces articles sont loin d'être sans intérêt.

Ce fut d'abord (2) une critique du roman de Sir Edward Bulwer Lytton, *Les derniers jours de Pompéi*, examen étendu avec longs extraits traduits. Notons en passant que cette traduction partielle était la première qui parût, car l'œuvre anglaise était toute récente. Forgues se montrait très sévère pour « un livre certainement destiné à un prompt oubli ». Il en dénonçait la vulgarité, le mauvais romantisme ; il n'y trouvait ni vraie couleur historique, ni vraie couleur locale. La couleur *protestante* ne paraît pas l'avoir choqué, ni frappé. Mais qu'aurait-il dit de soi-disant reconstitutions de la vie antique qu'on nous a infligées naguère ?

Vinrent ensuite de substantielles études sur Southey (3), sur Burns (4) et sur Coleridge (5). Ce sont là de grands noms de la littérature anglaise ; pour le lecteur français, ils étaient alors dans toute leur nouveauté. Southey vivait encore, Coleridge venait de mourir, l'édition de Burns par Allan Cunningham venait de paraître. Et l'on me dit que les pages de Forgues peuvent toujours être consultées avec profit.

(1) 26 novembre 1837.
(2) *Revue de Paris*, janvier 1835, pp. 80-96.
(3) *Ibid.*, octobre 1836, pp. 297-320.
(4) *Ibid.*, janvier 1837, pp. 273-294.
(5) *Ibid.*, avril 1837, pp. 167-186.

Sa carrière de journaliste littéraire s'ouvrait sous les meilleu¹
auspices.

D'après la Biographie Didot, il aurait aussi « publié des feuill¹
tons dans *La Charte de 1830.* » Mais je n'ai pas pu retrouver *I*
Charte de 1830, qui ne vécut que de septembre 1836 à juillet 183¹
La signature de notre jeune libéral y aurait voisiné — renconte
curieuse! — avec celle de Louis Veuillot, le futur rédacteur c
l'*Univers.*

En 1838, Forgues était attaché à la rédaction d'un grand quot
dien, *Le Commerce.* C'était un journal libéral, et le même que
journal des frères Bailleul qui de 1817 à 1819, prêta son titre a
Constitutionnel, supprimé par mesure administrative (1). La pr¹
mière fois que celui-ci parut sous sa nouvelle dénomination, so
éditorial commençait par ces mots : « *Le Commerce* est essentiell¹
ment *constitutionnel...* » On rit, et on continua à l'appeler *Le Const*
tutionnel (2).

Forgues y était chargé de la critique littéraire et de la critiqu
dramatique. Il allait avoir à juger le livre du jour et le spectacle d
jour. N'oublions pas que nous sommes au bel âge du romantisme
Son premier feuilleton littéraire parut le 8 avril 1838. Il le signa
Old Nick.

Old Nick (Vieux Nicolas), c'est le nom familier que les Angla
donnent au diable. Ce pseudonyme convenait bien à l'auteur pou
sa compétence ès choses anglaises ; sa petite allure satanique était
la mode, et il piqua la curiosité des contemporains (3), jusqu'a
jour où il ne fut plus un mystère. Sous ce nom, qu'il garda tou
sa vie, Forgues devait se faire une réputation respectée de critiqu

(1) E. Hatin, *Bibliographie de la Presse périodique française,* Paris, 1866, p. 25
(2) Balzac, *Un Ménage de garçon.*
(3) *Revue Britannique,* juillet 1841, p. 159 ; février 1842, pp. 406-408.

spirituel, instruit et judicieux, souvent sévère, très sévère même, toujours indépendant.

Son feuilleton théâtral était signé *Tim*. Ce pseudonyme n'a eu ni la même durée, ni la même fortune que l'autre. Sans le renseignement sur ce sujet que je tiens de son fils, personne ne saurait plus maintenant que Tim, c'était Émile Forgues.

Voici donc celui-ci installé au *Commerce*. J'ai dit que c'était comme un second *Constitutionnel*. En ce temps, on faisait crédit au mérite bien avant les cheveux gris. Quel est aujourd'hui le grand organe qui confierait deux rubriques importantes à un débutant de vingt-cinq ans ?

III

En 1838, la librairie Ambroise Dupont mettait en vente *Les Mémoires d'un Touriste*, par *l'Auteur de Rouge et Noir*.

Rappelons dans quelles circonstances ils furent écrits.

A Civita-Vecchia, Stendhal s'était « ennuyé à crever ». Il y avait bien les fugues à Rome, mais Rome, ce n'était pas Paris. En octobre 1833, il était venu à Paris pour quelques mois. En 1836, il obtint un nouveau congé. Au cours de celui-ci, son protecteur, le comte Molé, devint ministre des Affaires étrangères et président du Conseil. Heureuse aubaine pour Stendhal, qui prolongea son congé pendant toute la durée des deux ministères successifs de Molé, c'est-à-dire pendant trois ans. Trois ans à Paris, dans la société de ce que Paris comptait d'hommes de lettres et de gens d'esprit, c'était le rêve !

Mais il fallait vivre. Notre consul en congé n'avait que la moitié

de son traitement et quelques maigres ressources. Son grand ami
était alors Mérimée. Très voyageur par état, le jeune Inspecteur
des Monuments historiques emmena Stendhal dans quelques-unes
de ses tournées, lui révélant la province française, lui donnant
l'occasion des leçons d'archéologie. Ces excursions, cette initiation
d'utiles lectures et sa merveilleuse compréhension permirent à
Stendhal de mettre hâtivement sur pied une description des pays
qu'il avait entrevus... et des autres, bourrée d'observations personnelles, d'extraits d'ouvrages spéciaux et de coupures de journaux,
deux volumes où il jette pêle-mêle, comme dans un métal en fusion,
dissertations philosophiques, anecdotes grivoises, croquis pittoresques, souvenirs historiques, vues politiques et sociales, aperçus
littéraires, projets de réforme de toutes sortes, digressions de toutes
natures. En 1837, Stendhal vendait à l'éditeur Dupont son ouvrage
à peine commencé, qui paraissait l'année suivante. Rappelons-nous
aussi qu'il lui restait à se faire sa réputation d'homme de lettres :
ses écrits précédents, et même, sept ans auparavant, *Le Rouge et le
Noir*, n'ayant eu que peu de retentissement.

Dès l'apparition des *Mémoires d'un Touriste*, Forgues, dans le
Commerce du 8 juillet, exposait aux lecteurs du journal les réflexions
que lui suggérait cette nouveauté.

Ni cet article, ni les autres articles (dont j'aurai à parler plus
loin) également consacrés par Forgues à Stendhal vivant, n'ont
jamais été reproduits. Ils n'ont même été indiqués dans aucun des
ouvrages relatifs à Beyle ou à ses écrits. Ils ne figurent ni dans
l'*Histoire des Œuvres de Stendhal* de M. Adolphe Paupe (1), ni dans

---

(1) Adolphe Paupe, *Histoire des Œuvres de Stendhal*; — Introduction par Casimir
Stryienski, Paris, 1903, in-16, 446 pp.

la *Bibliographie stendhalienne* de M. Henri Cordier (1), récemment publiée. Peut-être quelque stendhalien aura-t-il·plaisir à en rencontrer ici la mention et l'analyse.

Celui-ci débute par une comparaison bien inattendue entre Stendhal et... Diderot. Pour Forgues, Stendhal procède de Diderot, Stendhal imite Diderot. Le pastiche a quelque chose de saisissant et ferait croire à la métempsychose.

> « Il a complété l'imitation autant qu'il était en lui : ce n'est plus la forme seule et les dehors du style de Diderot que vous retrouverez chez M. de Stendhal, mais aussi les pensées, les opinions, les jugements ; l'être moral comme l'être intelligent, l'homme comme l'écrivain, tout en eux est parfaitement identique : c'est la contrefaçon métaphysique la plus complète, la plus étrange, la plus merveilleuse qu'on puisse imaginer ; et je ne dirais pas contrefaçon si je ne reculais devant le mot effroyable de *palingénésie,* que *résurrection* ne traduit pas assez fidèlement à mon gré. »

Aujourd'hui que nous connaissons bien Stendhal, une telle idée a de quoi nous paraître fort singulière, car si quelqu'un n'a jamais ressemblé à personne, c'est bien lui ; si quelqu'un n'a jamais imité personne, c'est bien lui.

Mais sur quoi fondée, cette comparaison ?

D'abord, sur la ressemblance des styles : « la verve, la fougue indomptable, le rire mordant, les sarcasmes qui corrodent, l'imprévu de la période aux bonds irréguliers. » Puis, sur la parenté des esprits. Ce sont deux démolisseurs. Seulement, se demande For-

---

(1) Henri Cordier, membre de l'Institut, *Bibliographie stendhalienne,* avec les fac-similés des titres des éditions originales. (De la collection des *Œuvres complètes de Stendhal,* publiées sous la direction d'Édouard Champion). Paris, 1914, in-8, xiv-412 pp.

gues, à quoi bon de nouveaux efforts en ce sens ? Il ne reste p
rien à démolir.

Évidemment, un libéral de 1838 ne pouvait pas prévoir jusqu
irait la démolition.

> « Voyez notre Diderot *redivivus*. Il ne demanderait
> mieux que de surprendre et d'oser. Mais à quelle occasi
> s'il vous plaît ? Contre quels rochers ira se briser le flot de
> colère ? Quelles entraves mordra-t-il ? Où prendra-t-il le m
> de ses audaces ?... Plaignons ce pauvre Diderot, égaré dans u
> époque où les Diderots sont impossibles. »

Et passant en revue les différentes classes auxquelles s'adresse
les « sarcasmes » de M. de Stendhal, le critique n'y voit que
vaincus. Dire qu'il s'en prend aux nobles ! Où a-t-il vu des noble

Le pseudonyme adopté par Beyle n'abusait pas le critique, q
d'une part, avait lu et qui goûtait *Le Rouge et le Noir* et qui, d'au
part, était fixé sur l'identité de l'auteur. « M. de Stendhal est m
chand de fer : c'est vous dire assez que M. de Stendhal n'est p
M. de Stendhal. Jamais, je pense, facture ou billet à ordre r
circulé sur la place de Paris, portant ce nom pour signature. M
Dieu me garde de toucher à ce mystérieux pseudonyme ! Le masq
d'un écrivain, c'est sacré comme la face d'un homme... » Forg
écrit *Stendahl*. C'est le temps où l'on parlait en librairie de M. *F*
déric Stendhal (1).

Puis, les critiques. Il y a trop de détails, souvent vulgaires.
l'ouvrage n'est pas assez régulier, pas assez didactique ; il y a
désordre. J'imagine que ce reproche n'a pas dû toucher beaucou
Beyle, l'ordre n'étant pas la vertu dont il se piquait le plus.

(1) H. CORDIER, *op cit.*, pp. 131, 136, 149.

« Chez M. de Stendhal, ce désordre est poussé si loin qu'il semble avoir quelque chose de systématique... L'analyse d'un musée suit une conversation sur les races d'hommes ; immédiatement après vient un morceau d'histoire contemporaine, dans lequel s'enchâsse une anecdote scandaleuse qui donne lieu à une dissertation sur les femmes en général, et se termine par une discussion archéologique ; de telle sorte qu'après quelques pages, bien que chaque chose à part soit en elle-même nette et claire, neuve assez souvent ou par le fond ou par la forme, assaisonnée de réflexions piquantes et concises, leur ensemble confus fatigue l'esprit et le plonge dans un état de torpeur assez semblable aux somnolences fiévreuses que procure la diète... Considérés comme voyage en France, les *Mémoires d'un Touriste* ne valent pas le plus simple *Guide*. D'autre part l'esprit positif de M. de Stendhal et la sécheresse de son organisation ne lui ont pas permis de faire, à propos de sa tournée commerciale, une œuvre d'imagination pure. Son livre n'est donc (et il faut le prendre ainsi) qu'un assemblage décousu de causeries rédigé par un homme fort spirituel, fort instruit, le sachant trop, et partant quelque peu dédaigneux de son auditoire... »

Stendhal fut enchanté. Il n'avait pas sollicité l'éloge, il avait trop d'esprit pour se fâcher de réserves légères, et le ton général était sympathique. Sur son exemplaire personnel, qui est aujourd'hui la propriété du comte Primoli, il consignait cette réflexion : « L'auteur serait très heureux de mériter le quart de ces belles choses... Je n'ai jamais vu Old Nick, du *Commerce*, qui dit que l'auteur imite Diderot » (1).

C'est à bon escient que je viens d'écrire d'après Stendhal : « Je ne connais pas Old Nick, du *Commerce*... » Je n'ai pas eu en mains l'exemplaire du comte Primoli, et je ne connais cette mention que par la *Bibliographie* de M. Henri Cordier. Or, la *Bibliographie* la

(1) H. CORDIER, *op cit.*, p. 128.

rapporte ainsi : « Je ne connais pas Old Nick, du *Courrier*. » Erreur
évidente à mettre au compte ou de Stendhal ou de M. Cordier. Ou
Stendhal a fait une confusion, ou il a mal écrit (les deux choses lui
arrivaient) et on l'a mal lu. Forgues n'a jamais donné d'articles au
Courrier français. Et, dans le *Courrier français*, on trouve seulement,
à l'occasion de l'œuvre qui nous occupe :

1° Dans le n° du 19 juin 1838, sous le titre *Souvenirs du Dau-
phiné*, un extrait des *Mémoires d'un Touriste*, encore inédits à cette
date, l'itinéraire de Napoléon entre La Mure et Grenoble et son
entrée à Grenoble. Cet article est cité par M. Cordier (1).

2° Dans le n° du 28 décembre 1838, un compte rendu élogieux,
signé E[ugène] G[uinot]. Cet article n'a jamais été signalé dans la
bibliographie stendhalienne.

IV

L'année 1839 vit paraître successivement *La Chartreuse de Parme*
et *L'Abbesse de Castro*.

Stendhal fit don à Forgues d'un exemplaire de *La Chartreuse de
Parme*, aujourd'hui propriété de M. Eugène Forgues, avec cette
dédicace : « Hommage à un juge impartial et courageux. — The
Author. » Voilà l'écrivain et le critique en relations personnelles.

Le 13 avril 1839, compte rendu dans le *Commerce*. L'éloge, cette
fois, est enthousiaste. « L'ouvrage de M. de Stendhal est, je ne
crains pas de le dire, une peinture de premier ordre. Et le mot
peinture trahit ici ma pensée, car ce livre est une vraie *camera oscura*

---

(1) H. CORDIER, *op. cit.*, p. 128.

où la Vie se reproduit avec une fidélité, une exactitude incompa-
rables. »

Voilà ce qui s'appelle louer un homme comme il veut être loué :
rappelons-nous la phrase célèbre sur le miroir ambulant. Et de ce
roman Forgues admire tout. Le sujet, d'abord. Le sujet, c'est
l'Amour (c'est Forgues qui met une majuscule), non pas l'amour
romantique, exalté et maladif, « qu'une femme a mis en honneur »,
mais l'amour véritable de créatures vivantes qui aiment « par tempérament » et sans folles complications. Et quels caractères ! Le
critique les passe tous en revue, Fabrice del Dongo et sa tante, la
belle duchesse ; le comte Mosca et son souverain, le prince Ernest ;
le bandit romantique, Ferrante Palla, et la douce Clelia Conti.
L'amour qui rapproche, éloigne, heurte ces personnages, voilà ce
qui l'enchante dans le roman, plus que les incidents, « d'ailleurs
fort intéressants et fort bien contés », — et il ne mentionne même
pas l'adorable début et le récit de la bataille de Waterloo, — plus
que la satire politique « toute fine et acérée que M. de Stendhal l'a
faite », aspect de l'ouvrage qui comptait en 1839, surtout aux yeux
des libéraux, et auquel le lecteur d'aujourd'hui est indifférent.

Que toute la dernière partie, depuis la captivité de Fabrice à la
tour Farnèse, soit traînante, monotone, ennuyeuse, c'est ce qu'il
me paraît difficile de ne pas accorder, et puisse ce langage impie ne
pas déchaîner de fureurs stendhaliennes ! Mais Forgues ne croit
pas devoir en faire la remarque et ne met à sa louange qu'une restriction, à la vérité assez grave, à la fin de cette conclusion.

> « Plus j'y pense et plus ce livre de M. de Stendhal me
> semble une œuvre à part, récit étonnant de profondeur simple
> et de vérité pratique. Peu de mémoires (j'entends authentiques
> et de bonne foi) donnent une idée aussi exacte des hommes et
> des choses de ce bas monde. L'analyse ne s'y perd pas en de
> vaines subtilités : elle y est simple, variée, sûre de ses procédés,

pleine de patience et montrant à loisir ses richesses constamment nouvelles : les événements, les caractères, les préjugés se mêlent toujours à la passion, et la modifient sans l'altérer. Chacun de ces personnages, conséquent avec lui-même, est ce qu'il doit être ; agit comme il doit agir ; pense ce qu'il doit penser ; dit ce qu'il doit dire : tous sont de nature italienne, non pas de nature française. Aucun n'a trop ou trop peu d'esprit, trop ou trop peu de cœur, trop ou trop peu de vice. Ils sont Italiens, ai-je dit, ils sont hommes aussi, et la vérité locale, soigneusement observée, ne l'est pas aux dépens de la vérité universelle. Bref, au style près, qui manque de nerf, de distinction et d'éclat, je tiens ce livre pour un de nos meilleurs romans, digne en tout point de son aïeul *Gil-Blas* et de son frère aîné *Rouge et Noir*. »

Il était difficile de se maintenir à ce degré dans l'éloge à propos de *L'Abbesse de Castro*, sur laquelle Forgues donnait son appréciation dans le feuilleton du 4 janvier 1840. Il se borne à en exposer longuement l'intrigue ; rien, cette fois, sur les caractères, ni sur le style. Une remarque dut flatter Stendhal. L'auteur, disait Forgues, est un familier « des salons et du grand monde », et c'est de là que lui vient son réalisme, parce qu'à un homme très doué, la connaissance du monde et le mépris de ses élégances superficielles doit faire goûter « la simplicité franche et brute, les passions qui se révèlent sans scrupules, les idées nettes et positives, le langage rude et primesautier ».

V

Stendhal était à Civita-Vecchia quand paraissaient ces articles. Il écrivait à Forgues cette lettre, qui a été publiée dans la Correspondance (1), mais incomplète, parce que Colomb, fidèle à son habitude, en avait retranché une phrase. Je rétablis cette phrase en italiques. Les premiers mots de la lettre font allusion à des pierres gravées antiques que Stendhal avait envoyées à Forgues.

C[ivita] V[ecchi]a, le 12 janv[ier 18]40.

« Un voyageur, monsieur, a-t-il jeté quelques pierres dans votre jardin ? Je les ai trouvées dans un mouchoir un peu détérioré, à six pieds sous terre.

« Pline, ce vantard, n'a pas parlé des tombeaux de Corneto (ancienne Tarquinies). Cela ne montre-t-il pas qu'ils sont plus anciens que lui ?

« Quant aux pierres, j'en ai trouvé du siècle de Maximien ; rien de moins ancien.

« Ne me répondez pas. Par politesse, je vous dégage de cet ennui.

« Le roman est-il mort ? Pourquoi ?

« Que font les dames qui s'ennuient à la campagne, de huit à dix heures du soir ?

« Est-ce tout simplement qu'on ne lit plus les romans de M. Lottin (2) *La présence des enrichis grossiers dans les sociétés fesait qu'on achetait des Lottins pouvant acheter des Balzacs.*

« Rome a été bien amusante depuis deux mois. Rien d'héroïque dans l'œil, mais *éduqué,* voilà tout (3).

« Continuez, monsieur, à être honnête homme, et à dire ce que vous pensez, même quand l'auteur femme a une belle gorge.

« Tout à vous,

« FABRICE. »

---

(1) *Correspondance de Stendhal* (1800-1842), publiée par Ad. PAUPE et P.-A. CHERAMY. Préface de Maurice BARRÈS, de l'Académie française. Paris, 1908, 3 vol. in-8, tome III, pp. 244-245.

(2) M. Lottin de Laval, auteur d'un roman historique dont Bassompierre était le héros. (Note de Romain Colomb.)

(3) Il est question du duc de Bordeaux, qui séjourna à Rome en janvier et février 1840. (Note de Romain Colomb.)

La femme auteur, c'est Mme Ancelot. Toutes les fois que, dans l'entourage de Stendhal ou de Mérimée, on parle d'une belle gorge, il est question de Mme Ancelot. Forgues avait présenté avec indulgence son roman *Gabrielle* (1), et il s'était moqué des *Galanteries du Maréchal de Bassompierre,* de Lottin de Laval (2). Stendhal n'était pas fâché de montrer à son correspondant qu'il suivait ses articles.

A la fin de cette même année, il se préoccupait encore de faire parvenir à son ami des pierres gravées. Le 5 décembre, il en envoyait à Paris, à Di Fiore (ce réfugié napolitain qui lui a servi de modèle, dans *Le Rouge et le Noir,* pour Altamira). Dans la liste des personnes à qui les pierres doivent être remises figure « M. Forgues, avocat, 54, rue Neuve des Mathurins » (3).

Le 8 novembre 1841, Beyle arrivait à Paris, fuyant Civita-Vecchia dont la maladie lui rendait le séjour encore plus odieux. Il ne devait jamais y retourner.

Il retrouva Forgues. Ils se voyaient le soir au Cercle des Arts. Maintes fois M. Eugène Forgues a entendu raconter à son père que Beyle y apparaissait fatigué, malade, ne pouvant achever son dîner, sentant déjà l'apoplexie. La fin approchait.

Les documents inédits qu'on va lire complètent pour cette période la Correspondance.

De Stendhal à Forgues :

20 D[écembre 1841].

« Mon cher compagnon de soirée,

« J'ai quitté la rue Neuve-Saint-Augustin. Je suis n° 78 rue des Petits-Champs, près la rue de la Paix.

(1) *Le Commerce,* 25 janvier 1839.
(2) *Ibid.,* 17 mai 1839.
(3) *Correspondance de Stendhal,* t. III, p. 265.

Pl. 9.

LETTRE INÉDITE DE STENDHAL (10 décembre 1841).

« Je vous prie de ne pas remettre la biographie des pauvres si vous [venez] rue Neuve-Saint-Augustin, le portier la confisquerait.

« Je viens de votre ancien logement pour cette grave affaire ; on m'a renvoyé au n° 29 de la rue de l'Arcade.

« Où vous êtes inconnu, comme Voltaire l'était à La Haye. en Picardie.

                 « Tout à vous,
                                        « H. BEYLE.

« [Suscription] : Monsieur, Monsieur Forgues, avocat, n° 29, rue de l'Arcade, Paris. »

Cette lettre est curieuse en ceci qu'elle nous apprend que Beyle, en débarquant à Paris, a eu un premier domicile jusqu'ici ignoré : il n'en est fait mention ni dans les *Notices biographiques* insérées par M. Adolphe Paupe dans la Correspondance (1), ni dans l'*Itinéraire* de M. Martineau (2).

De Forgues à Stendhal :

« J'achève, Monsieur, la délicieuse lecture de vos deux petits volumes, et le plaisir qu'elle m'a causé fait place à un léger embarras. Je me souviens qu'on s'est fort moqué jadis de l'Empereur Joseph II, rendant à Buffon un exemplaire de ses œuvres sous ce prétexte ingénieux : « qu'il serait désolé de l'en « priver ».

« Je ne tiens pas du tout à être aussi bête que Joseph II, n'ayant pas comme lui pour excuse une grosse couronne impériale. Et je serais charmé qu'il ne fût pas trop indiscret à moi de mettre sur les rayons de ma pauvre bibliothèque votre excellent traité *De Amore*, à côté de *La Chartreuse de Parme*. Il serait possible toutefois que l'exemplaire dont j'ai coupé les pages fût le seul qui vous reste, et je voudrais le savoir de

(1) *Correspondance de Stendhal*, voir t. III, p. VIII.
(2) Henri MARTINEAU, *L'Itinéraire de Stendhal*, Paris, 1912. Voir p. 97.

vous afin de ne pas être entraîné trop loin par mon goût pour les bons livres en général et pour les vôtres, Monsieur, en particulier.

« Mille affectueux compliments.

« E. D. FORGUES. »

27 janvier 1842.

C'est à cette lettre (1), écrite sur ce ton de politesse élégante aujourd'hui trop délaissé, que répond la lettre de Stendhal publiée dans la Correspondance (2).

Paris, le 29 janvier 1842.

« Le papier sera moins laid quand vous aurez fait relier et battre bien les volumes (3).

« L'indifférence que j'avais pour les intérêts me fit donner le manuscrit et ne pas surveiller la qualité du papier.

« Je crains que M. B[uloz] ne détourne l'imprimeur ; on me dit, il y a trois ans, qu'il était jaloux.

« Au revoir, j'ai un peu de goutte à la main droite.

« LOUVET. »

Enfin, dernière lettre inédite de Stendhal à Forgues. Elle porte, imprimées au timbre sec, les lettres C. A. [Cercle des Arts]. Elle n'est pas datée. De quand est-elle? Des derniers jours évidemment : elle remercie Forgues pour un article biographique qui allait paraître, et qui ne parut qu'après la mort. Elle est peut-être la dernière lettre que Beyle ait écrite. Elle contient, à la veille de la mort, un souvenir d'enfance qui est touchant, le dernier hommage à la mémoire vénérée de son grand-père.

(1) Stendhal a écrit au dos quelques mots que je n'ai pu déchiffrer.
(2) *Correspondance de Stendhal*, t. III, p. 282.
(3) A ce billet étaient joints les deux volumes ayant pour titre : *De l'Amour*, assez laide édition, publiée en 1822 pour la première fois. (Note de Romain Colomb.)

LETTRE INÉDITE DE STENDHAL (1842).

« Je prendrai tous les soins possibles des feuilles que vous avez la générosité de me confier, mon cher Monsieur. Je vous les reporterai dans trois jours.

« L'article n'est pas (1)... J'aime ce qu'il dit du respectable M. Gagnon ; il régnait à Grenoble par la force de l'esprit, ce fut mon vrai père.

« Seriez-vous assez bon pour mettre sur cette lettre rectificative le nom de ce M. Duriflar dont vous connaissez l'adresse lointaine ? Il fait de moi un sexagénaire, 1776.

« Un cosaque [?] peut-il être voleur de gloire ?

« Quand venez-vous au thé ?

                                                    « H. B.

« Je vous recommande l'œuvre de M. Duriflar. Ces feuilles m'ont amusé et sont exactes. Deux mérites. »

J'ignore qui désigne ce nom de *Duriflar*. Est-ce un sobriquet ? Avec Stendhal, on ne sait jamais. Je ne suis pas sûr du mot *cosaque*. Peut-être est-ce ainsi que Stendhal s'appelait lui-même dans l'intimité. Douze ans plus tard, c'est l'expression dont se servira Sainte-Beuve comme conclusion d'un article qu'il lui consacre : « Cosaque encore une fois, Cosaque qui pique en courant avec sa lance, mais Cosaque ami et auxiliaire dans son rôle de critique, voilà Beyle (2). »

Le 23 mars 1842, Stendhal mourait.

                              VI

En 1840, Forgues quitta *Le Commerce*. L'année suivante, il faisait partie de la rédaction du *National*. On sait quel était l'importance du journal d'Armand Marrast, en guerre ouverte et constante

---

(1) Mot que je ne puis lire.
(2) Sainte-Beuve, *Lundis*, t. IX, p. 257.

avec le pouvoir. Forgues s'y cantonnait dans les régions sereines de la critique littéraire, dont il entretenait ses lecteurs avec régularité... quand le numéro n'était pas saisi. Son premier feuilleton est du 18 février 1841. Il avait conservé son pseudonyme Old Nick.

Peu de jours après la mort de Beyle, le 1ᵉʳ avril 1842, il lui consacrait toute une étude. C'est l'article qui allait paraître quand la mort de Beyle vint le transformer inopinément en article nécrologique, l'article communiqué en épreuves à Beyle, et qui l'avait « amusé » dans les derniers jours de sa vie. M. Paupe en a donné quelques extraits dans l'*Histoire des Œuvres de Stendhal* (1). Il vaut la peine d'être mis davantage en lumière.

Il est intitulé *Une erreur de nom*. Les journaux avaient annoncé laconiquement la mort de M. *Bayle*, auteur de divers ouvrages signés *Frédéric Styndall*. (Ce nom était le titre d'un mauvais roman, à tout jamais oublié, de Kératry : de là, la confusion.) C'est tout ce que la presse avait accordé comme oraison funèbre à « une des intelligences les plus distinguées et les plus originales de l'époque ». Dans cet oubli, dans cette méconnaissance du mérite, il y avait aux yeux de Forgues comme un outrage à quiconque avait le culte des Lettres, et c'est pour « relever le gant » qu'il recueillait ce qu'il savait « de cette vie si gratuitement insultée à son terme, et si singulièrement punie de l'obscurité volontaire où elle s'était confinée ».

> « M. Henry Beyle, dit-il, né en 1783 à Grenoble, était fils d'un avocat au Parlement, et petit-fils par sa mère du docteur Gagnon, qui, pendant près de cinquante années, dirigea tous les établissements scientifiques et philanthropiques de sa ville natale. Ce dernier était un homme de savoir et de goût... »

C'est à ce passage que faisait allusion la lettre de Beyle que j'ai

---

(1) Ad. PAUPE, *Histoire des Œuvres de Stendhal*, pp. 372-374.

citée plus haut. Forgues retrace ensuite sa carrière. Il ne parle pas de la campagne de Russie, où Beyle a montré du courage. Il le fait « guerroyer en amateur » à la bataille de Waterloo, où il n'était pas. « Son dernier roman, où il s'est complu à rappeler ses impressions d'alors, renferme la plus piquante relation que jamais bataille ait inspirée. » Il ne fallait pas moins que cette phrase pour réparer une omission que j'ai signalée dans le compte rendu de la *Chartreuse de Parme*. Puis, c'est la vie d'artiste en Italie, « cette terre promise de la paresse intelligente », le consulat de Civita-Vecchia, délaissé aussi souvent que possible pour des séjours à Paris, « où son esprit mobile et curieux suivait avec une joie d'enfant les mille riens qui préoccupent tour à tour nos athéniens inconstants ! Et, à propos d'athéniens, il fallait l'entendre parler avec une estime concentrée de son vice-consul Lysimaque (1) — espèce de factotum, auquel il déléguait très volontiers les prérogatives diplomatiques — pour savoir ce que vaut une bonne plaisanterie assaisonnée d'un certain sang-froid. »

Avec cela, « bien venu dans le monde, où il apportait plus que son contingent d'esprit, d'anecdotes et d'agréable littérature ; causeur toujours entouré parce qu'il savait très bien écouter ; contradicteur déférant, quoique malin, et sachant autant qu'homme du monde se faire une bonne part sans toucher à celle d'autrui. » Voulez-vous un véritable croquis de Beyle, et une scène vue ? La voici prise sur le vif :

> « La sincérité apparente avec laquelle il s'enquérait des opinions critiques en ce qui le concernait, et la bonne grâce soumise avec laquelle il acceptait le rôle d'écolier amenait

---

(1) Lysimaque Tavernier, chancelier du consulat de France à Civita-Vecchia. — Sur ce personnage, voir *Œuvres complètes de Stendhal* (éd. Champion), *Vie d'Henri Brulard*, t. I, p. 59 ; C. STRYIENSKI, *Soirées du Stendhal-Club* (1899), pp. 236-242 ; A. CHUQUET, *Stendhal-Beyle* (1904), pp. 532-533.

quelquefois des rencontres comiques. Il nous a été donné, par exemple, d'entendre un romancier fécond [Balzac] enseigner gravement à M. Beyle l'art d'intéresser le public à ses personnages. L'important, selon ce bénévole professeur, était de décrire dans les plus menus détails leurs figures, leurs habits, leurs petites singularités distinctives. L'auteur de *Rouge et Noir* écoutait ces beaux préceptes avec l'air du catéchumène le plus docile et le plus respectueux. La *Chartreuse de Parme* venait de paraître. Certaine revue parisienne [*La Revue Parisienne*], rédigée par le romancier fécond, employa plus de cent pages, six mois après, à porter aux nues ce chef-d'œuvre. Ceci nous prouva que M. Beyle eût été un grand diplomate, s'il n'avait préféré laisser sa besogne à Lysimaque. »

L'anecdote est rapportée malicieusement. Mais Forgues, qui n'aimait pas Balzac, ne tient peut-être pas assez compte de la haute estime que Stendhal avait pour lui. En réalité, il avait assisté à une conversation entre Balzac et Stendhal sur la théorie du roman de mœurs et sur ce qu'on devait appeler plus tard le réalisme littéraire. Que ne donneraient pas aujourd'hui les historiens du romantisme pour avoir, fidèlement transcrit, un pareil colloque ! Telle qu'elle est, l'esquisse de Forgues est amusante : on voit les deux gros et grands écrivains fort affairés de leurs propos dans le coin d'un salon. Et elle est intéressante pour la genèse du fameux article de Balzac, si l'on doit en conclure que cet article tapageur ne fut pas entièrement spontané.

Forgues passe en revue les œuvres de Beyle.

A propos de *Rome, Naples et Florence* et des *Promenades dans Rome*, il écrit ceci :

« Ce qui caractérise le talent de M. Beyle, c'est une fine fleur d'érudition variée, qui se mêle sans l'étouffer (chose rare) à l'observation personnelle, — cette dernière très indépendante, très rarement dupe, ayant très peu de foi dans le dire d'autrui, voire dans le dire universel, qu'il aime un peu trop à réfuter. »

Le traité *De l'Amour* lui inspire des éloges et des réserves :

> « Il abonde en observations fines et bien dites, en historiettes vraies et qui résument chacune un roman dans les trente ou quarante lignes que l'auteur leur consacre. Après cela, beaucoup de désordre, trop de libéralisme athée, certaines parties livrées à un pathos prétentieux ; en outre, des subtilités infinies, substituées, on ne sait pourquoi, aux vérités de l'ordre le plus général, et certaines façons mystérieuses à propos de choses simples donnent à l'écrivain les airs penchés d'un amoureux qui vient murmurer à votre oreille, comme découverte du moment, la plus banale réflexion du monde. »

Dans *Racine et Shakespeare,* il voit un « manifeste » du romantisme naissant :

> « O néant des religions et des doctrines ! ô hasard des combats !... M. Beyle est bien certainement redevenu sinon classique, du moins très partisan du temps où l'on écrivait le français... »

Ajoutons, pour compléter sa pensée par une formule que son urbanité ne lui eût pas permise : et d'un temps où M. Victor Hugo n'était pas encore de l'Académie française. L'emploi du verbe au présent : « M. Beyle est redevenu » trahit l'article écrit du vivant de Beyle et remanié après sa mort.

Le *Rouge et le Noir* rappelle au critique un souvenir personnel :

> « Le titre nous avait longtemps donné à penser. Que voulait-il dire ? Comment se rattachait-il au sujet du livre ?... Questions insolubles, véritable énigme jetée inutilement aux sphinxs de la critique. Certain jour, après bien des circonlocutions, quelqu'un de nos amis s'avisa de questionner l'auteur

sur ce point. C'était par écrit que ce Davus malheureux avouait sa pénible ignorance. La réponse passa par nos mains et sous nos yeux, et nous lûmes avec avidité l'explication suivante : « Le Rouge signifie que, venu plus tôt, Julien eût « été soldat ; mais, à l'époque où il vécut, il fut forcé de « prendre la soutane ; de là, le Noir. » Il était clair que notre ingénieux confrère se moquait et de son correspondant et de nous. »

Forgues ici raffine trop. Stendhal lui avait fourni de son titre un commentaire exact et sincère. On s'accorde aujourd'hui à dire que *Le Rouge et le Noir* signifie *Le Régiment et le Séminaire*, ou encore, si l'on veut, *La France rouge et la France noire.*

Sur les *Mémoires d'un Touriste* et la *Chartreuse de Parme* :

« Dans ces deux livres, comme dans les autres ouvrages du même écrivain, les connaisseurs ont trouvé des données originales, une saveur singulière, une simplicité de style qui va trop souvent jusqu'à la négligence, mais que rachète la libre allure du récit, l'inattendu des situations, la nouveauté des aperçus, et par-dessus tout l'étude souvent heureuse des phénomènes idéologiques [psychologiques ?]. Ni l'un ni l'autre toutefois n'ont obtenu le succès de foule et d'argent, le succès de cabinet de lecture... Style bref, mâle, direct, un peu sec, sans qualité prosodique, sans éclat de couleur, que M. Beyle a toujours gardé comme un costume à lui, dont personne n'oserait imiter la nudité volontaire. »

Pas un des termes de ce jugement ne serait à reviser. Convenons-en, il fallait une grande justesse d'esprit pour apprécier avec cette sûreté, et avant le recul du temps, un talent aussi complexe que celui de Beyle. Qu'on relise les lignes ci-dessus : elles pourraient être signées d'un des noms les plus autorisés de la critique moderne.

L'article se termine par ces lignes, souvenir sans doute des dernières conversations au Cercle des Arts :

« Au moment où la mort est venue le frapper, ce laborieux ouvrier avait sur le métier un dernier ouvrage auquel il comptait donner une forme nouvelle. Esprit essentiellement critique, il travaillait volontiers d'après des idées préconçues et, pour ainsi dire, de propos délibéré. Une de ses idées était, par exemple, dans la *Chartreuse de Parme*, de ne montrer qu'au second volume l'héroïne du roman. Dans l'ouvrage en projet, il comptait faire une large part à l'élément comique, et peut-être eût-il complètement réussi, malgré les obstacles qu'il devait trouver dans la nature calme, réfléchie, un peu froide et contenue du talent que nous lui connaissons. »

Il s'agit de *Lamiel,* où Stendhal se proposait de se renouveler et d'adopter une manière plus gaie. On sait que ce roman n'a été édité qu'en 1889, par les soins de M. Casimir Stryienski.

VII

Le jour même où avait paru cet article, Hyacinthe de Latouche écrivait à Forgues la lettre suivante (1) :

1er avril 42.

« Monsieur,

« Permettez-moi de vous remercier, comme ami de M. Beyle, de l'article que vous lui consacrez aujourd'hui dans le *National.* Si je cherchais un peu, je trouverais sans peine dans ma mémoire de bien récentes traces d'une gratitude à vous offrir pour mon propre compte ; mais j'ai pu vous croire supérieur au petit vivant profit des vanités reconnaissantes, et je suis sûr que vous accueillerez le sentiment qui me pousse à vous serrer la main cordialement, après la justice rendue à un écrivain trop peu connu de ce public qui fait la fortune et la

(1) Publiée sous la signature M[aurice] T[ourneu]x dans *l'Intermédiaire des Chercheurs et Curieux,* 1888, col. 415-416.

réputation des médiocrités. — J'ai peu vu Beyle dans les dernières années de sa vie. Il me reprochait (sans doute avec raison) d'être resté un peu plus jeune que mon âge, indigné, mécontent, républicain. Il était sage, lui, fonctionnaire public, et, comme vous le dites très bien, diplomate. Mais j'ai gardé de tout son ensemble les plus précieux souvenirs : c'était une de nos bonnes plumes contemporaines. Je suis touché du pieux devoir que vous avez accompli envers lui comme le serait un parent : frère déshérité, bien entendu, frère cadet à la façon des familles normandes, mais frère enfin par la sympathie que je porte à ce qui est élevé et équitable comme vous et lui.

« H. de LATOUCHE. »

Voilà un Latouche d'humeur bienveillante, ce qui ne lui arrivait pas tous les jours. Qu'aurait-il dit s'il avait connu le surnom rabelaisien que Stendhal lui donnait dans sa correspondance ? (1)

VIII

Je ne veux pas quitter Stendhal sans mentionner ce que Romain Colomb écrivait de lui à Forgues lorsque, peu d'années après, il s'occupait de réunir sa correspondance et s'adressait à Forgues comme à tous ceux qui pouvaient détenir des lettres de Stendhal. Forgues lui envoya ce qu'il avait : nous avons vu que Colomb n'utilisa pas tout. Et Forgues, pour s'excuser de ne pas lui en envoyer davantage, lui mandait qu'il avait été dépouillé par des collectionneurs. — Déjà ! et pouvons-nous donc espérer qu'il apparaîtra un jour d'autres lettres de Stendhal à Forgues ?

(1) Ad. PAUPE, *La Vie littéraire de Stendhal*, Paris, 1914, in-8, pp. 178-179.

Réponse de Colomb (inédite) :

> « Monsieur,
>
> « Je suis vraiment honteux et bien reconnaissant de la peine
> que je vous ai occasionnée pour la recherche des lettres de
> Beyle ; les notes explicatives qui les accompagnaient sont pour
> moi un autre sujet de remercîments. Je regrette beaucoup,
> seulement, que les amateurs d'autographes aient réduit à ce
> point le contingent que j'attendais de votre obligeance.
>
> « C'est moi, Monsieur, qui eus le plaisir, dans le temps, de
> déposer à votre porte les deux petites pierres antiques.
>
> « Sans vouloir soulever le mouchoir que vous jetez sur la
> belle gorge de Madame..., car cela serait peu convenable pour
> un homme de mon âge, marié, etc., je n'ai pu cependant
> m'empêcher de faire des conjectures... »

Toujours la belle gorge ! Le nom est en blanc sur la lettre, mais
nous savons de qui il s'agit. Pauvre Virginie Ancelot, pauvre *Ancilla,*
comme l'appelait Mérimée ! Elle ne se doutait pas des plaisanteries
qu'elle inspirait à son entourage, et qui, avec Mérimée, pouvaient
aller loin (1). Après une digression sans intérêt, Colomb termine
par ces mots qui ne nous apprennent rien :

> « Beyle ne brillait pas par l'ordre, et on se ferait difficilement
> une idée juste du désordre qui existait dans ses papiers. On
> m'en a envoyé de plusieurs endroits, et m'a-t-on tout envoyé ?
> — Après ce petit préambule, je vous dirai, Monsieur, que je
> n'ai trouvé de vous que le petit carré de papier ci-joint,
> contenant un fort joli billet du 27 janvier 1842 (2), qui a
> motivé celui de Beyle du 29.

(1) *Sept lettres de Mérimée à Stendhal,* Paris, 1898, in-8, pp. 25-28.
(2) Voir plus haut ce billet.

« Veuillez bien agréer, Monsieur, mes nouveaux remercî-
ments, avec l'expression des sentiments les plus distingués de
« Votre très dévoué,

« R. COLOMB. »

rue Notre-Dame de Grâce, n° 3.

Paris, le 31 août 1846.

IX

Ce sera forcément nous éloigner de Stendhal que de suivre
Émile Forgues, même en ne le faisant qu'à grands pas, dans les
diverses étapes de sa carrière littéraire. Mais nous ne regretterons
pas d'avoir jeté un coup d'œil sur l'ensemble de sa production, qui
comprend des feuilletons critiques, — des articles de revues, — des
œuvres que j'appellerai œuvres anglaises, c'est-à-dire traduites ou
imitées de l'anglais, — des œuvres originales.

« Articles très remarquables, disait Quérard à propos des feuilletons, et que les amis de la saine critique désireraient voir un jour
rassemblés » (1).

Ce jugement comporterait maintenant des réserves. Une partie
de ces articles est vouée à la même nuit que les œuvres qu'ils
discutent : *Nox una longa dormienda est.* Quant aux autres, je crois
que beaucoup paraîtraient aujourd'hui sans intérêt. La critique du
jour ne vit qu'un jour, et il lui est si difficile, quand celui qui en
tient le sceptre ne s'appelle pas Sainte-Beuve, de s'abstraire des
influences de milieu, des opinions régnantes, des modes d'idées !
Forgues n'était pas Sainte-Beuve. Il n'a rien compris au charme

(1) J.-M. Quérard, *Les Supercheries littéraires dévoilées*, t. II, col. 1302.

délicieux des _Nouvelles Genevoises_ de Töpffer, qu'il déclare insigni-
fiantes, et, à propos de _Colomba_, il félicite Mérimée d'avoir si heu-
reusement... imité Walter Scott ! Je n'invente pas : « Il a été
jusqu'à lui dérober, trait pour trait, la figure gracieuse d'une de ses
héroïnes, car miss Lydia Nevill ressemble furieusement à miss Julia
Mannering... Mais nous ne voyons pas là de quoi crier bien haut
au flagrant délit. Walter Scott m'a toujours semblé le meilleur
modèle et le plus sain que l'on se pût proposer. Bien avisé qui
l'imite, heureux qui le contrefait, et nous ne croyons pas blesser
M. Mérimée en disant qu'il le rappelle quelquefois... » (1). Je me
figure le rire jaune de Mérimée s'il a lu ces lignes. Pour les comprendre, il faut se souvenir que Walter Scott en 1841 était. à sa
manière, un classique.

Les idées générales d'Émile Forgues tiennent en un mot : il était
classique. Nourri des classiques, il aimait à rattacher sa critique à
leurs principes, et, sous son impeccable courtoisie, faisait montre à
l'occasion de quelque peu d'esprit sarcastique dans la défense des
doctrines qui étaient pour lui une affaire de conscience littéraire.
Des doctrines, disons-nous. Par une contradiction dont il y eut
alors plus d'un exemple, ce libéral en politique était, en littérature,
doctrinaire et traditionnaliste. Aussi les coryphées de l'école nouvelle, George Sand, Gautier, Dumas, Balzac, Hugo, ont-ils droit à
toutes ses sévérités, les deux derniers surtout.

Pour Balzac, il y a plus d'une raison. Il n'écrit pas comme Voltaire et Montesquieu. Puis, il est légitimiste. Puis, il a tracé la
caricature du journaliste et du journalisme dans _Un grand homme
de province à Paris_, « venimeux pamphlet », entaché de bas réalisme.
Il a « un incontestable talent », mais il le gaspille. _Eugénie Grandet_

(1) _Le National_, 23 juillet 1841.

et *La Peau de chagrin* sont des « études réfléchies et profondes »,
mais *La Femme de trente ans*, *La Maison Nucingen* sont « des débauches
d'esprit », *Le Curé de. village* et *Une fille d'Ève* des « avortements
intellectuels », *Les Mémoires de deux jeunes mariés* un livre peu sérieux.
Pierrette vaut mieux, parce que la province réussit mieux que Paris
à l'auteur. « Tous les chefs-d'œuvre, — si chefs-d'œuvre on peut
les nommer, — de notre fécond romancier ont été inspirés par
l'observation bien faite des existences départementales. Nul n'entend comme lui la sous-préfecture... » Mais il y a encore là-dedans
des caricatures de libéraux. Et que de longueurs, d'obscurités,
d'inconvenances ! Et, d'une manière générale, que de *manies* dans
tout Balzac ! Manies de la description et du portrait, manie de
l'omniscience et du dandysme (on dirait aujourd'hui du snobisme),
manie de l'esprit.

Ceci nous amène à une parenthèse. Balzac met en scène des personnages à qui il attribue un esprit prodigieux (le peintre Lora, dans
Un ménage de garçon, les journalistes qui gravitent autour de Lous-
teau dans *Un grand homme de province à Paris*, et bien d'autres).
Pour justifier le caractère qu'il leur donne, il les fait plaisanter, et
les plaisanteries qu'il leur prête sont ineptes. C'est un lieu commun
de dire : oui, elles sont ineptes, mais parce que l'esprit se démode ;
à l'époque, elles étaient très drôles. Est-ce bien certain ? On en peut
douter en lisant ces lignes de Forgues, et voilà. pour le remarquer
en passant, à quoi peut servir à l'occasion la critique contemporaine :

> « A chaque instant, dans le livre, il est question des mots
> piquants, des réparties heureuses, des épigrammes acérées,
> dont ces *bravi* de la Presse harcèlent leurs malheureuses vic-
> times, ou qu'ils se renvoient l'un à l'autre... Mais lorsque le
> romancier, après ces annonces pompeuses, en vient au fait et
> au prendre, lorsqu'il desserre toutes ces lèvres moqueuses,
> lorsqu'il met à l'œuvre ces langues affilées, chose étrange !

l'esprit si vanté de ces journalistes se borne à quelques
méchants calembourgs, qui sont tombés depuis longtemps,
de tradition en tradition, jusqu'aux plieuses et aux porteurs
de journaux... » (1).

X

La poésie romantique n'est pas mieux traitée, même dans la
personne d'un représentant déjà illustre. Il est vrai qu'il s'agissait,
cette fois, du chef de l'armée ennemie, du réformateur arrogant
qui, « marchant au-devant de ses antagonistes, prétendait arriver
dans leurs académies comme Louis XIV au Parlement, tout épe-
ronné, la cravache en main, et dire : Je veux ! »

Les Rayons et les Ombres paraissent en 1840. Forgues en rend
compte avec une sévérité que nous pouvons estimer cruelle, aujour-
d'hui que le temps a fait son œuvre, que le monument édifié par
Victor Hugo nous est connu dans son ensemble, que nous savons
tout ce que la postérité en négligera et ce qui n'en doit jamais périr.
Passe encore pour ce qui est dit des prétentions du poète à s'ériger
en penseur, de ce que ses théories sociales ont de fumeux, de ce que
sa philosophie a de vague, de ce que son idéal a d'imprécis. Mais
sa poésie elle-même ne trouve pas grâce devant le critique. Il n'y
voit que « clinquant » et « sonorité trompeuse », tout un art affecté
et factice qui semble appeler la parodie. Il s'amuse, — l'idée est
assez originale, — à traduire en prose, comme s'il s'agissait d'une
œuvre étrangère, le début de la pièce : *Mille chemins, Un seul but,*
et il nous convie à y chercher un sens. A titre de curiosité littéraire,

---

(1) *Le Commerce,* 2 août 1839.

voici le résultat auquel il arrive. On peut relire la vaporeuse ampli-
fication du poète :

> Le chasseur songe dans les bois
> A des beautés sur l'herbe assises,
> Et dans l'ombre il croit voir parfois
> Danser des formes indécises...

puis, lire cette version volontairement plate, et comparer les deux
textes :

« Dans les bois, le chasseur songe à des beautés assises sur
l'herbe, et croit voir dans l'ombre danser des formes vagues.

« Tout en veillant sur les empires, le soldat pense à ses
destinées et entrevoit d'indécis sourires dans ses souvenirs
lointains.

« Sous le ciel azuré, le pâtre attend l'heure où sa paisible
étoile va, fleur de feu, s'épanouir au bout d'une tige cachée.

« Regarde-les : regarde ensuite comme la jeune fille, digne
enfant d'Ève, en courant dans les blés d'or, jette sa chanson
où son rêve est contenu.

« Dans les champs fleuris, voir errer, le dos courbé, les
paupières à demi-closes, le poète, véritable oiseleur, qui cherche
à prendre des pensées.

« Vois les matelots sur la mer. Lassés de l'écume des flots,
ils implorent la terre aux doux parfums et demandent une
fumée.

« Ils se rappellent, quand les flancs plaintifs du navire sont
battus par le flot noir, les hameaux si joyeux au tomber du
jour, et les arbres pleins d'éclats de rire.

« Vois le prêtre, qui prie pour tous, et dont le front pur
penche sous nos fautes, à genoux sur les plis blancs de sa robe,
songer dans le temple.

« Sur les hauteurs, vois s'élever tous ces penseurs que tu
nommes, esprits dominateurs et sombres, chênes orgueilleux
dans la forêt humaine.

« Vois la mère, couvant son trésor des yeux, contempler

avec ravissement son enfant, cœur encore sans ombre, vase
que la vie remplira. »

Ce petit travail fait, le critique généralise son idée et montre le
parti qu'on pourrait tirer, selon lui, d'un pareil critérium pour
juger du mérite poétique des contemporains. « Béranger, Lamar-
tine, Casimir Delavigne, l'auteur de la *Némésis*, mieux que tous les
autres, résistent à cette épreuve particulière. M. Sainte-Beuve y
périt tout entier ; M. de Musset en sort très amoindri ; M. Victor
Hugo ne la supporte que par instants. » Je pense que peu de grands
lyriques supporteraient une telle épreuve, triomphe de Casimir
Delavigne et de Barthélemy. Mais que vaut un tel procédé de
démonstration? D'un poème supprimez la forme ailée qui en fait la
poésie, que restera-t-il ? Je le crois sans peine, que Musset ne se
prête guère à l'expérience : qu'on essaye un peu avec les *Nuits,* et
l'on verra ! Cependant les *Nuits* sont les *Nuits*, et la postérité me
semble bien en train de les mettre au-dessus de la *Némésis* et des
Messéniennes !

Et Forgues de conclure sur *Les Rayons et les Ombres* que ce volume
ne vaut pas mieux que ses aînés.

> « C'est la même monotonie ; le même défaut d'onction
> vraie ; le même éclat blessant à la longue, et qui agace le
> regard ; la même bizarrerie ; la même richesse de rimes, pres-
> que désagréable pour l'oreille, et qui commande trop souvent
> la pensée du poète : le même pathos ; la même dureté ryth-
> mique ; la même fantaisie sans contrôle ; le même orgueil
> naïvement étalé ; la même tension perpétuelle vers une subli-
> mité fanfaronne » (1).

Il y a peut-être du vrai. Que dis-je? tout est vrai; si l'on veut.

---

(1) *Le Commerce,* 20 juin 1840.

Mais reprenons dans notre bibliothèque *Les Rayons et les Ombres...* et relisons *La Tristesse d'Olympio.*

Depuis quelques temps, Forgues avait été chargé de la critique théâtrale au *Charivari.* Lorsque survint la représentation des *Bur-*

graves (1843), il apprécia la fameuse trilogie avec la plus grande rigueur. Vainement Alta-roche, le rédacteur en chef, vou-lut-il obtenir une atténuation. Forgues s'y refusa, et préféra quitter le journal (1). Je dis qu'un pareil acte est tout à l'honneur du critique, eût-il cent fois tort sur le fond même de la question. Et Dieu sait si *Les Burgraves* pouvaient autoriser plus d'une censure !

Le *Charivari* garde cependant la trace de l'acrimonie de Forgues à leur égard. Dans le numéro du 31 mars se trouve un dessin de Daumier bien connu des collectionneurs. Un Victor Hugo au front énorme contemple mélancoliquement la brillante comète qui, cette année, faisait lever la tête à tous les passants. Au bas, ce quatrain :

> Hugo, lorgnant les voûtes bleues,
> Au Seigneur demande tout bas
> Pourquoi les astres ont des queues
> Quand *Les Burgraves* n'en ont pas.

On cite souvent ces vers. On les a rappelés quand la Comédie-

(1) L. HUART, *op. cit.*

Française a repris naguère *Les Burgraves* avec beaucoup de solennité. Eh bien! ces vers étaient de Forgues : qui s'en doute aujourd'hui? Ce prosateur minutieux, ce styliste, la colère le rendait poète : *facit indignatio versus !*

Tout de même, cette brouille de Forgues et d'Altaroche nous a fait perdre un article amusant, car Forgues avait la dent dure dans ses comptes rendus dramatiques. En 1840, le *Vautrin* de Balzac, joué avec l'insuccès et le tumulte que l'on sait, l'avait mis hors de lui. C'est la réhabilitation du bagne, s'écriait-il ; pièce immorale et sans talent, une mauvaise action et un mauvais drame. — Toutes ces sévérités envers des contemporains témoignent du moins que son admiration pour Stendhal ne procédait pas, tant s'en faut, d'une faiblesse *a priori* pour la littérature du jour.

Cette même année 1840, il avait assisté, au théâtre de l'Ambigu-Comique, à un mélodrame en cinq actes de Dinaux et Gustave Lemoine, intitulé *L'Abbaye de Castro*. « Fort peu de gens, disait-il, parmi les spectateurs, ont lu le roman de M. de Stendhal. » Tant mieux, car ceux qui l'ont lu ne pourraient que souffrir de voir l'œuvre amoindrie sur la scène. Et il ajoutait :

> « Il serait injuste de regretter que les acteurs de *L'Abbaye de Castro* n'aient pas cru devoir se modeler plus exactement sur l'œuvre de M. de Stendhal. Cependant, si je ne me trompe, ils auraient pu tirer un meilleur parti de quelques indications très fines, semées çà et là, pour ôter aux rôles de Jules et d'Hélène quelque chose de leur amoureuse vulgarité. Je regrette aussi le personnage si amusant du prince Colonna, l'astucieux chef de bandits, protecteur de Jules Branciforte, et la couleur italienne jetée avec tant d'art par M. de Stendhal sur le personnage de la signora Campireali. — Certes, ce n'est pas encore là tout ce que je regrette. Mais le public de l'Ambigu n'est pas si scrupuleux que moi... »

XI

Émile Forgues a publié un grand nombre d'articles dans plusieurs Revues.

Il a collaboré à la *Revue de Paris*. On y trouverait, de novembre 184o à août 1841, une nouvelle, *Une Femme dévouée*, signée E. D. Forgues (1), — deux articles, signés F., sur *Les Écrivains de Bicêtre, Prosateurs* (2) et *Poètes* (3), — et plusieurs articles intitulés *Londres, Correspondance littéraire*, signés des initiales O. N. (4).

Il a collaboré à la *Revue des Deux Mondes*, à laquelle il a donné, de 1843 à 1870, des articles de Littérature anglaise principalement, ou américaine, d'Histoire, de Politique et d'Histoire contemporaine, d'Économie sociale, de Voyages, Beaux-Arts, Bibliographie anglaise, au total plus de cent articles (5), toujours très étudiés, quelques-uns très étendus.

Il a collaboré très assidûment, à partir de 184o, à la *Revue Britannique* d'Amédée Pichot (*Revue Britannique, choix d'articles traduits des meilleurs écrits périodiques de la Grande Bretagne*). Il y était tout à fait à sa place, l'Angleterre constituant sa spécialité. Mais ici, la *Table Générale des Travaux de la Revue Britannique* ne nous renseigne

(1) *Revue de Paris*, juin 1841, pp. 247-256.
(2) *Ibid.*, janvier 1841, pp. 239-255.
(3) *Ibid.*, février 1841, pp. 213-227.
(4) *Ibid.*, février 1841, pp. 25-40 ; mars 1841, pp. 266-282 ; mai 1841, pp. 112-126 ; juin 1841, p. 283-299 ; août 1841, pp. 113-129.
(5) Voir *Revue des Deux Mondes, Table générale*, 1831-1874, pp. 53-55.

pas commodément, parce que si elle indique à la table des auteurs quelques articles signés Forgues (p. 6o3) ou Old Nick (p. 621), il faudrait chercher à la table des matières, sous chaque rubrique appropriée, les articles anonymes, qui sont les plus nombreux.

Il a collaboré à l'*Illustration*. Il y écrivit d'abord des articles originaux : *De l'autre côté de l'eau* ; — *Souvenirs d'une promenade* (1), narration humoristique d'une excursion en Angleterre, quelque chose comme un essai de Sterne français ; — et les *Souvenirs de Londres* (2), récit de visites chez Dickens et chez le poète Samuel Rogers, quelque chose comme ce qu'on appelle aujourd'hui des interviews. Vinrent ensuite des adaptations ou imitations de nouveautés anglaises (3). Tous ces articles sont signés O. N.

Je ne sache pas qu'on ait commémoré en France, en 1912, le centenaire de la naissance de Dickens. L'*Illustration* aurait pu exhumer à cette occasion l'article de son reporter de 1844 : ni le temps, ni la gloire que devait acquérir Dickens n'ont rendu ces lignes caduques.

A cette date, âgé seulement de 32 ans, l'auteur de *Pickwick*, d'*Olivier Twist* et de *Nicolas Nickleby*, confortablement installé dans sa résidence de Devonshire Terrace, était déjà célèbre au dehors et populaire dans son pays. Ce n'est pas sans un peu d'émotion respectueuse que le visiteur pénétrait dans son cabinet de travail, « pièce ovale, aux parois masquées par des livres, aux meubles simples, à la physionomie studieuse. » C'est bien le cadre qui convient à l'homme :

« La figure de Dickens est une des plus vives et des plus

(1) *L'Illustration*, t. II (1843-44), pp. 6, 18, 5o, 134, 227, 355.
(2) *Ibid.*, t. III (1844), p. 338.
(3) Voir les t. VI, VII, XV et XVII.

intelligentes que j'ai vu rayonner. Il est jeune ; de longs
cheveux bruns, un peu en désordre, cachent un front d'une
pâleur maladive. Ses yeux vifs et mobiles attestent une rare
sagacité, une rapide intelligence... Dickens a le parler modeste
et loyal, la physionomie ouverte, le regard droit, le sourire
honnête... »

Ce portrait concorde étonnamment avec celui qu'ont tracé les
familiers de l'écrivain, notamment Carlyle. Et Forgues de revenir
sur la sérénité de l'intérieur :

> « Je pus remarquer un beau portrait de jeune femme, —
> la Madone domestique de ce chaste foyer. — Et quand la porte
> s'ouvrit discrètement, lorsqu'un marmot naïvement curieux
> vint, avec la douce confiance de l'enfant gâté, rôder sur la
> pointe des pieds autour de nous, — la tête penchée, le doigt
> collé aux lèvres, — je pus constater tout à mon aise la ressem-
> blance de la mère et du fils. »

Le temps ici apportera une retouche au tableau : un jour viendra
où la Madone et son fils aîné quitteront le foyer. Mais passons.

> « Et la conversation ? La conversation ne tarissait point...
> Dickens nous parla d'un prochain voyage qu'il devait faire en
> France, et manifesta des doutes sur la valeur qu'on y pouvait
> accorder à ses ouvrages...
> « Il me parut insister beaucoup sur certaines études physio-
> logiques dont il était alors préoccupé : le magnétisme, les
> systèmes de Gall et de Mesmer, tout ce qui tient à l'existence
> phénoménale de l'homme, tous ces miracles inexpliqués dont
> l'analyse éclaircira plus tard la grande question philosophique
> soulevée par Cabanis, inquiétaient évidemment cet esprit inqui-
> sitif et subtil. Aussi ne fus-je pas le moins du monde étonné
> quand je l'entendis nous recommander, comme une des curio-
> sités légitimes de notre séjour à Londres, une visite à quelque
> pénitentier. Nulle part, en effet, mieux que dans ces prisons

expérimentales, on ne peut scruter les mystérieux rapports de l'homme physique et de l'homme intelligent... »

C'était l'époque où l'on bataillait sur le régime qu'il convenait d'appliquer aux prisonniers. Dans ses *American Notes* (1842), le romancier avait fait de la maison de détention de Philadephie une sombre et pathétique description, qui servit d'argument aux adversaires du système cellulaire.

XII

La littérature anglaise fut le véritable domaine de Forgues. Pendant nombre d'années, ce grand travailleur y puisa, outre ces articles de revue, la matière d'une quantité d'ouvrages, inspirés, imités, adaptés ou traduits de livres anglais.

On en trouvera une bibliographie étendue dans le *Catalogue général des livres imprimés de la Bibliothèque Nationale* (1), en tenant compte, bien entendu, de ceci que le catalogue ne comprend pas nécessairement tout ce qu'un auteur a écrit, mais seulement ce que la Bibliothèque nationale possède de cet auteur.

De ces ouvrages, il en est qui ont charmé notre enfance, comme *Les Sources du Nil,* le voyage des capitaines Speke et Grant, publié dans la *Bibliothèque rose* ; — ou notre jeunesse, comme le voyage d'Arminius Vambéry, le faux derviche, dans l'Asie centrale.

Il en est qui ont un réel intérêt comme initiation aux mœurs

(1) Publié par le Ministère de l'Instruction publique et des Beaux-Arts ; en cours. Voir t. LIII (novembre 1913), col. 536-541. Cf. O. Lorenz, *Catalogue général de la Librairie française,* t. II, pp. 334-335, et G. Vicaire, *Manuel de l'Amateur de livres du XIXᵉ siècle,* t. III, col. 756-758.

littéraires d'Outre-Manche. Par exemple, celui qui est intitulé *Originaux et Beaux Esprits de l'Angleterre contemporaine* (Paris, Charpentier, éd., 1860, 2 vol. in-16, 409 et 390 pp.). Nous y voyons défiler les figures diversement curieuses et aujourd'hui diversement survivantes de Brummel, lady Stanhope, Samuel Rogers, Ebenezer Elliott, O'Connell, Shelley, Bulwer-Lytton, Tennyson, d'autres encore. Étude minutieuse et utile, trop oubliée chez nous et restée en faveur à l'étranger (1).

L'auteur la dédiait au romancier Wilkie Collins, qui venait de lui dédier à lui-même son recueil de contes, *The Queen of Hearts (La reine des Cœurs*, 1860), ce qui prouve la notoriété de Forgues en Angleterre. « Si ce livre, disait-il, a un mérite, c'est de montrer au lecteur français le génie complexe de la race anglo-saxonne. Race admirable malgré ses défauts... Elle croit au droit, elle méprise la tyrannie. » Elle vient de le faire savoir.

Enfin, de ces ouvrages anglais il en est un que je voudrais mettre à part, parce qu'avec lui nous allons revenir à Stendhal. C'est *Le Rose et le Gris*, recueil de trois nouvelles imitées ou traduites librement de l'anglais (2). Pourquoi l'auteur leur a-t-il donné ce titre? Il va nous le dire lui-même : pour se placer, en toute humilité, sous l'invocation et le patronage de Stendhal, vingt ans après la mort de celui-ci. Je copie la *Note préliminaire* :

> « Un soir, au *Cercle des Arts*, je m'avisai de questionner mon vieil ami Stendhal sur les motifs qu'il avait eus d'intituler *Le Rouge et le Noir* un de ses chefs-d'œuvre.
> Il me donna poliment une explication telle quelle, si vague

(1) Traduction italienne : *Originali e Begli Spiriti dell' Inghilterra contemporanea,* Milan, Sonzogno, éd., 1890, in-16, 101 pp.
(2) E.-D. Forgues, *Le Rose et le Gris,* Paris, 1860, in-16. (Bibliothèque des Chemins de fer.)

qu'il ne m'en restait pas, deux heures après, le plus léger souvenir.

J'en ai une beaucoup plus catégorique à offrir pour le titre de ce volume. Il a été baptisé *Le Rose et le Gris* parce que Stendhal avait appelé le sien *Le Rouge et le Noir*. »

Décidément, ces mots *Le Rouge et le Noir* avaient continué à avoir pour Forgues un sens énigmatique. Après tout, il y avait un peu de quoi. Avec Beyle, on craignait toujours quelque mystification ou quelque détour. J'ai dit que la critique beyliste est aujourd'hui fixée sur l'interprétation des mots *Le Rouge et le Noir*. Mais il a fallu toute une exégèse. Pour Forgues ils étaient arbitraires, et c'est en pensant user d'une liberté semblable qu'il disait *Le Rose et le Gris*, dans une simple intention de pieux souvenir et d'hommage posthume pour son ami de jadis, et sans se faire scrupule de ce que ce titre fût sans rapport avec le contenu du recueil.

XIII

Deux livres seulement, tous deux fort distingués, constituent le bagage d'Emile Forgues comme œuvres originales : les *Petites Misères de la vie humaine* et *La Chine ouverte*.

Les *Petites Misères de la vie humaine*, par Old Nick et Grandville, parurent en 1843. (H. Fournier, éd. ; in-8, viii-391 pp. Nombreuses figures dans le texte et hors texte) (1).

L'écrivain et le dessinateur rivalisaient d'humour pour la piquante peinture de toutes ces minimes mésaventures, infortunes ridicules,

_____

(1) Il existe une réédition, Paris, Garnier frères, éd. (1870), gr. in-8, iii-520 pp.

épreuves mesquinement avilissantes, qui nous guettent à toute
minute de l'existence, et qui n'ont même pas comme compensation
l'orgueil intime du malheur courageusement subi ou la compassion

de nos semblables. De
ces « petites misères »,
il en est que ne com-
portent plus nos mœurs
actuelles, et dont la
description a, par suite,
quelque chose de déli-
cieusement archaïque :
le voisinage, au cabinet
de lecture, de l'habitué
grincheux, la prise de
corps pour les insolva-
bles, les corvées de la
garde nationale pour
les pères de famille, les voyages en diligence pour tout le monde.
En revanche, des tribulations nouvelles nous sont nées, que ne
soupçonnaient pas nos ancêtres : le téléphone et le « métro »
rallumeraient la verve d'Old Nick et de Grandville s'ils revenaient
au monde. Enfin, il est de ces petits tourments de la vie courante
qui ont survécu au temps, au progrès, aux révolutions, qui sont
éternels. Témoin ce passage, qui suffira à donner un exemple de
la manière aimablement surannée de notre auteur :

> « Cent fois naïf, à notre avis, le voyageur qui va chercher
> dans les sierras d'Espagne ou sur les rochers calcinés de l'Italie
> les précipices, les ravines, les escarpements granitiques dont
> l'administration municipale fait jouir à domicile les habitants
> du quartier Saint-Honoré ou de la Chaussée d'Antin. Sous
> mille prétextes ingénieux, elle sait au moins une fois l'an

bouleverser les pavés de chaque rue, la couper par des fossés profonds, et varier à l'infini le plaisir des piétons en leur préparant des buttes artificielles, des levées de terre à pente rapide, escarpes palissadées, cônes sablonneux, tranches quadrilatères de fange mal séchée, pyramides de cailloux, pignonnées et vacillantes. Grâce à cette heureuse prévoyance, non seulement le Parisien peut se livrer à un exercice fortifiant, mais il acquiert aussi, — quelquefois à ses dépens, il est vrai, — la sûreté de pied, le coup d'œil infaillible et l'intrépidité du montagnard le plus agile. »

Heureux sujets de Louis-Philippe, qui ne connaissaient qu' « une fois l'an » ces émotions alpestres, et qui, du moins, pouvaient en rire, et ignoraient les catastrophes (1)!

Ce bon ouvrage inspira une mauvaise pièce de théâtre : c'est une grande marque de succès. On lit dans L'Illustration du 22 juillet 1843 : « Dieu nous garde de vous raconter le vaudeville des Petites Misères de la vie humaine. Cette grande odyssée n'a-t-elle pas trouvé ses deux poètes? Que dire après Old Nick? Que raconter après Grandville, le compagnon de voyage d'Old Nick dans cette vallée de misères si risibles? Je me tais devant ces deux grands noms, vous renvoyant à leur livre adorable... Quant au vaudeville en question et à son auteur, M. Clairville, ce sont deux nains trottant timidement sur les pas de nos deux géants. »

XIV

Peu après, le même éditeur offrait au public La Chine ouverte, aventures d'un Fan-Kouëi dans le pays de Tsin. Ouvrage illustré par

(1) 15 juin 1914.

Auguste Borget [215 vignettes]. Paris, Fournier, éd., 1844, in-8, vi-396 pp.

La Chine ouverte, « la Chine renouvelée » était une publication de circonstance. Le 26 août 1842, le traité de Nankin, conclu entre la Chine et l'Angleterre, avait *ouvert* aux Européens l'Empire du milieu, en autorisant le commerce anglais dans un certain nombre de ports.

Le Fan-Koueï, l'*Étranger-démon*, c'est l'ennemi, le barbare, l'Européen. L'auteur suppose qu'un jeune médecin anglais du corps expéditionnaire a trouvé l'occasion de se concilier la reconnaissance et l'affection d'un haut dignitaire chinois, dans des circonstances que je n'ai pas à rapporter ici et qui lui ont permis en outre de se familiariser avec la langue chinoise. Chargé d'une mission officielle d'inspection, ce personnage propose au jeune Anglais de l'attacher à sa suite, et celui-ci, déguisé en étudiant chinois, l'accompagne dans un voyage sur la côte est de l'Empire, jusqu'à Pékin inclusivement. Adroit prétexte pour décrire les aspects et les mœurs des pays mystérieux que les événements venaient de mettre à la mode. Forgues avait voulu faire, dit-il, « un Anacharsis chinois ».

Est-ce à dire qu'il connût la Chine pour y être allé? Non pas, et il en convenait de bonne grâce, mais tout en se défendant de donner une œuvre d'imagination pure. D'abord, l'ouvrage contenait une illustration abondante, qui n'était nullement fantaisiste. « Pour aider l'auteur à fixer des souvenirs naturellement

un peu vagues, disait le prospectus de librairie, nous lui avons associé un artiste qui revenait, lui, pour tout de bon, des pays soumis à Tao-Kouang. » C'était Auguste Borget, artiste de valeur (1809-1877), qui avait beaucoup voyagé, notamment en Chine (auteur de *La Chine et les Chinois*), ami de Balzac, qui lui a dédié *La Messe de l'Athée*. De plus, le texte lui-même avait exigé une documentation et une étude des plus complètes. « Ni les livres, ni les manuscrits, ni les renseignements personnels n'auront manqué à la composition d'un volume qui, sous une forme légère,

7

doit résumer une masse énorme de documents sérieux. Marco Polo,
Mendoça, le père Alexandre, Spizelius, Kircher, les missionnaires,
de Guignes, Barrow, Staunton, Clarke Abel, Timkowski, Abel
Remusat, Davis, Stanislas Julien, Ad. Barrot, Downing, Kidd,
Gutzlaff, lord Jocelyn et les rédacteurs du *Chinese Repository* en
auront fourni chacun quelques pages... » Bref, un voyage fait avec
des livres. Après tout, d'illustres voyageurs ont, paraît-il, voyagé
de cette façon-là.

Pour Forgues, la pénétration européenne en Chine était désor-
mais inévitable.

> « Chaque jour rapproche le moment où la civilisation de
> l'Occident, en son essor prédestiné, viendra renverser les bar-
> rières antiques dont s'entoure encore l'Empire central. On peut
> déjà pressentir et cette puissante irruption et la faiblesse des
> digues qui lui seront opposées. Comment on vaincra la résis-
> tance purement inerte de trois cents millions d'hommes ;
> comment se modifiera le despotisme invétéré du gouverne-
> ment ; combien de temps durera la fusion difficile des idiomes
> et des idées : personne, à coup sûr, ne saurait le dire ; mais,
> à coup sûr aussi, c'est là un des grands problèmes dont la
> solution préoccupera désormais les meneurs du grand mouve-
> ment occidental. »

Que l'Asie dût à son tour *pénétrer* l'Europe et menacer ses vain-
queurs d'une invasion au moins économique, en attendant l'autre,
c'est de quoi on ne pouvait se douter en 1844, et les plus pessi-
mistes n'avaient pas idée du *péril jaune*. Quant à la pénétration
européenne, si Forgues la jugeait fatale, il pensait aussi qu'elle
serait très lente. L'événement lui a donné raison sur les deux
points, sur la prophétie et sur la réserve. Celle-ci se trouve dans le
mot de la fin du livre. Des Anglais causent avec le mandarin

xénophile dont j'ai parlé. Un d'eux s'écrie un peu étourdiment :
« Après tout, la Chine est ouverte, et nous verrons ! » Le vieux
Céleste sourit. « La fleur du Milieu, dit-il, ne s'épanouit point sous
les premières pluies d'orage. » Bien des missionnaires devaient
signer de leur sang cette restriction tacite au traité de Nankin. *La
Chine ouverte*, avait proclamé Forgues avec une emphase un peu
hâtive. Soixante ans plus tard, on en sera encore à dire modeste-
ment : *La Chine qui s'ouvre* (1).

XV

Il faudrait encore, pour ne rien omettre de l'œuvre originale de
notre auteur, relever sa participation, anonyme ou signée, à des
recueils humoristiques, écrits en collaboration, qui amusèrent beaucoup nos pères, tels que *Les Français peints par eux-mêmes,* Paris,
Curmer, éd., 1840-1842, 8 vol. gr. in-8 ; gravures de Gavarni et
beaucoup d'autres (2) ; — *Les Étrangers à Paris*, par Louis Des-
noyers, Jules Janin, Old Nick…, etc., Paris, Warée, éd. (1844),
gr. in-8 ; gravures de Gavarni et autres ; — *Les Cent Proverbes,*
Paris, Fournier, éd., 1845, gr. in-8 ; gravures de Grandville, texte
par « Trois têtes dans un bonnet ».

Dans *Les Cent Proverbes,* Forgues était une des « Trois têtes »,
qui d'ailleurs étaient quatre. (Les autres étaient Taxile Delord,
Arnould Frémy et Amédée Achard) (3).

---

(1) René Pinon et Jean de Marcillac, *La Chine qui s'ouvre,* Paris, Didier et Cie,
éd., 1900, in-16.
(2) On trouvera reproduits dans la présente Notice divers dessins extraits des
Français peints par eux-mêmes. Les autres viennent des *Petites Misères* ou de la *Chine
ouverte.*
(3) J.-M. Quérard, *Supercheries littéraires,* t. III, col. 858.

Dans *Les Étrangers à Paris,* il a donné l'article sur *L'Anglais,*
naturellement (pp. 1-26). Notre anglicisant s'élève ici contre l'an-
glomanie, notamment contre la mode des gouvernantes anglaises
et « ce préjugé qui consiste à croire que nos enfants ne sauraient
passer pour bien élevés s'ils ne parlent pas, dès l'âge le plus tendre,
un idiome que leurs parents ignorent ». Il ajoute, parodiant un
vers fameux :

> Qui nous délivrera maintenant de l'Anglais !

Le libérateur n'est pas venu, et une superstition plus agaçante
encore devait s'ajouter à celle de la miss, la superstition de la
fraulein. (J'écrivais ceci en juin 1914, avant l'affreuse tempête. Il
est à croire que maintenant les choses vont changer. Et pourtant...
Avec notre routine et une certaine niaiserie qui fait partie en quelque
façon du caractère national, je ne voudrais jurer de rien.)

Dans *Les Français peints par eux-mêmes,* Forgues a donné les
articles sur *Le Béarnais* (t. VIII, pp. 105-
120) et *L'Avocat* (t. II, pp. 65-72).

La monographie du Béarnais comprend
une description du pays, des souvenirs
historiques, un portrait moral des indi-
gènes. Il n'est pas très aimable, le portrait, et j'en laisse à l'auteur la responsa-
bilité :

> « Le Béarnais a l'esprit de con-
> duite plus subtil encore que tous
> les autres Gascons ; il est insi-
> nuant, flatteur ; la main toujours
> en avant pour demander s'il est

pauvre, pour cajoler s'il est riche. Bon courtisan, adroit

conseiller, mauvais ami, excellent député. Ennemi des partis extrêmes et des opinions hardies ; homme de tempérament et de juste milieu ; d'une nationalité stricte, comme tous les gens rusés, qui savent fort bien qu'en se tenant, on se pousse, et que l'amour du pays est un excellent masque pour l'esprit de coterie. »

J'ai hâte d'arriver à l'Avocat. Le personnage est d'importance, et Forgues, semble-t-il, avait des raisons de le bien connaître.

Il est sévère pour lui. Il nous montre d'abord comme un rac- courci de la profession sous les traits d'un avocat imaginaire, M° Ovide Robinet, « l'un des principaux tenants du champ clos judiciaire..., jeune, actif, tenace, infatigable », et qui gagne 100 000 francs par an. M'est avis qu'il ne les vole pas. Voici le tableau de sa journée :

> « A sept heures, chaque matin, il est debout, ses dossiers rangés devant lui... A neuf, il est au Palais (1), courant de chambre en chambre, de la Cour royale au Tribunal civil, de là aux Assises, des Assises à la Police correctionnelle, et sou- vent enfin au Tribunal consulaire de la Bourse (2), les jours de grand rôle. Aucune cause ne le rebute, aucune juridiction n'est indigne de lui... Vous le faut-il en province, chiffrez et payez ses heures, il est à vos ordres... Trois heures sonnent, il quitte le Palais... Il rentre chez lui en nage, épuisé, la voix éteinte. Dans son salon, il voit rassemblés dix, douze, quinze, vingt clients qui ont pris leur rang comme à la porte d'un spectacle, et qui l'attendent depuis deux heures. Tour à tour, ils sont admis dans son cabinet... »

Le soir venu, il travaillera, à moins qu'il ne se transforme « autant que possible » en homme du monde. Et le dimanche, il travaillera.

---

(1) Les audiences se tenaient alors le matin.
(2) Le palais du Tribunal de commerce n'était pas encore construit.

« Et voilà sa vie pendant dix mois de l'année. » C'est, aujourd'hui
encore, la vie de plus d'un avocat parisien qui ne gagne peut-être pas
100 000 francs par an. Avec cela, ce « futur bâtonnier » est un

esprit vulgaire, prétentieux, sans caractère et sans culture. Oh ! le portrait n'est pas flatté, et Delangle ne
doit pas avoir fourni le modèle, Mais
il fallait être satirique, et je crois aussi
que l'ancien secrétaire de la Conférence avait une dent contre la carrière
dont il s'était détourné.

Vient ensuite une « physiologie »
de l'avocat, comme on disait alors,
une revue des diverses espèces du
genre : l'avocat *industriel,* « auquel le
prêt de quelques milliers de francs

inféode un avoué pressé de payer son étude » ; — l'avocat *spécial* (on
dirait aujourd'hui spécialiste), qui « tire du peu qu'il sait le droit
d'ignorer tout le reste » ; — l'avocat *officiel,* qui « plaide en bloc les
procès d'une administration publique » ; — l'avocat *sténographe,*
« serf laborieux d'un journal judiciaire » ; — l'avocat *de prisons,*
« dont le cabinet a des succursales chez tous les taverniers de la Cité,
chargés de rabattre pour cet homme le gibier qu'il dispute au
bagne » ; — l'avocat *manqué,* « repoussé par sa profession, propre
à tout sans être bon à rien » ; — enfin l'avocat politique. — Forgues
n'a pas connu et ne pouvait pas prévoir la femme-avocat. Elle
l'aurait inspiré.

Quant à l'avocat politique, il l'a peint avec amour et l'a campé
vigoureusement. Voilà Robinet député. Il bâclera des lois « au
hasard de la parole », et ne s'approchera plus de la barre que pour
des causes qui importeront à sa fortune. Député, ce n'est pas assez.

Le voilà ministre ; que dis-je ? ministre des Affaires étrangères. Ici, notre moderne La Bruyère ne se contient plus :

« O Sully, Richelieu, Mazarin, Colbert, Louvois, Lyonne ! Saluez alors votre successeur Robinet ! Demandez-lui compte de son éducation diplomatique commencée à l'âge où l'on n'apprend plus ; qu'il vous dise où il a pu s'instruire dans l'art de la stratégie par protocoles, devenue science entre vos mains. Votre naissance ou du moins les hasards de votre vie vous avaient formés pour le rôle que vous avez rempli. Une ambition vulgaire, des considérations d'un ordre inférieur ne vous l'avaient pas fait briguer tout à coup... Combien dignement vous voilà remplacés par ce parvenu bavard qui... présente sans façons le calembour aux réceptions royales, et sollicite en vain, dans un excès de familiarité maladroite, le tutoiement d'un grand d'Espagne ou la poignée de main qu'un lord sourcilleux garde à ses pairs ! »

Écrit vers 1840. Je ne veux pas parler politique, et je passe. Un jour viendra où Son Excellence Robinet ne sera plus ministre, les événements ayant tôt fait, sans doute, de « mettre à nu l'ambitieuse pauvreté de cette organisation toute d'apparat. » Mais ne pensez pas qu'il reprenne sa carrière laborieuse. Ce serait ne pas savoir tout le profit que peut tirer des fonctions suprêmes même celui qui n'y a pas brillé. « La haute magistrature presse alors ses

rangs et donne dans ses caveaux funèbres un suprême asile à cette momie du pouvoir. Miséricordieux pour son dernier sommeil, n'invoquons pas la loi du talion contre Robinet, maintenant réduit à écouter. Que la plaidoirie des autres lui soit légère ! »

Dans cette galerie, un portrait manque, celui de l'honnête homme,

qui a du talent ou qui n'en a pas, mais qui mérite le respect. Il est la
règle, les autres types sont des exceptions plus ou moins pittoresques.
Bien longtemps, j'ai vu de mes yeux, et non loin de moi, ce que c'est
que la réunion chez un avocat du savoir, du travail, de la conscience et
de la modestie. Je cherche un tel homme dans la diatribe de Forgues,
et je ne le trouve pas. Forgues n'a voulu que flageller des abus.

Ces abus ont-ils persisté ? S'il est de mes confrères au barreau qui
me lisent, qu'ils en décident. Des racoleurs ? J'ignore ce que c'est.
Des politiciens ? J'ignore s'il y a des avocats qui se servent de leur
robe pour conquérir le maroquin, et qui mettent ensuite le prestige
du maroquin au service de leur robe. Des avocats manqués ?...
J'aime mieux parler d'autre chose.

XVI

Émile Forgues eut de nombreux amis, et de complexions fort
diverses. Un homme qui a su apprivoiser Stendhal dans ses derniers
jours devait posséder de grandes qualités de sociabilité. Mais la
plume à la main, il était très sévère. Et l'on peut s'étonner qu'un
critique aussi rude ne se soit pas attiré de haines dans le *genus
irritabile* des auteurs. A peine citerait-on dans cet ordre d'idées un
brocard fort insignifiant à propos de *La Chine ouverte* et un mot dur
de Baudelaire.

Il faut aller chercher le premier dans un volume de poésies qui parut chez Krabbe en 1844, *Grands et petits Hommes,* — *Coups de plume,* par le prince de La Tour du Lay. J'ignore qui se cachait sous ce pseudonyme pompeux : Quérard est muet à ce sujet. Le recueil, aujourd'hui parfaitement oublié, se compose d'épigrammes sur les principaux écrivains du temps, toutes d'une rare platitude. Et voici pour l'auteur de *La Chine ouverte* :

> Old Nick, qui nous ouvre la Chine
> Que Robert Peel va nous fermer,
> Old Nick qui souvent nous échine
> (Passez-moi le mot pour rimer)
> Veut ressusciter la critique,
> Mais pour la mettre au rang qu'elle doit occuper,
> Manque tout le premier à la dialectique,
> Et n'attaque les gens que pour se mieux frapper.

Le mot de Baudelaire n'était peut-être pas destiné à la publicité, et, en fait, il était resté inédit jusqu'à ces derniers temps. Dans les fragments d'un journal intime du poète, *Mon cœur mis à nu,* je rencontre ceci : « Beau tableau à faire : la canaille littéraire. — Ne pas oublier un portrait de Forgues, le pirate, l'écumeur de lettres. » Quand Eugène Crépet, en 1887, donna *Mon cœur mis à nu* dans les *Œuvres posthumes* de Baudelaire, il crut devoir s'imposer « quelques retranchements indispensables dans plusieurs endroits qui constituaient des attaques violentes jusqu'à l'outrage contre des journalistes ou des littérateurs contemporains ». Il avait retranché l'invective ci-dessus. Remercions donc le *Mercure de France,* qui a publié naguère une édition intégrale des manuscrits de Baudelaire, avec le passage qui nous intéresse (1).

J'ignore les causes du ressentiment de Baudelaire. Dans ces notes

---

(1) Ch. BAUDELAIRE, *Œuvres posthumes*, Paris, Mercure de France, 1908, in-8, p. 121.

écrites pour lui, il distillait des jugements au vitriol, dont certains sont bien amusants, notamment sur George Sand et sur Alfred de Musset, qu'il ne pouvait pas sentir. Mais ici, *pirate* ne saurait se comprendre. Personne n'a plus que Forgues vécu sur son propre fonds.

Une satire sans portée, le coup de boutoir d'un grand malade,

c'est tout (avec quelque chose que j'ajouterai tout à l'heure) pour les récriminations contemporaines, et c'est peu. L'indépendance bien connue de Forgues donnait crédit à ses idées, le bon ton faisait passer l'âpreté de la forme. Une lithographie de Benjamin [Roubaud] dans le *Panthéon charivarique* de 1842 est significative à cet égard. A demi couché sur un divan, le critique, en riant férocement, enfonce sa plume dans le cou d'un malheureux auteur. A terre gisent auteurs et volumes mis à mal. On lit au bas cette légende :

> De sa plume de fer, Old Nick en souriant
> Égorge sans pitié les auteurs qu'il critique,
> Et si l'un de ses morts a parfois l'air vivant,
> C'est qu'il est embaumé dans de l'esprit attique.

Un de ces « morts » fut Léon Gozlan. L'aristarque du *Commerce* ne lui déniait pas le talent, tant s'en faut, mais la simplicité et le naturel. Il trouvait l'*Histoire des Châteaux de France* « une causerie gracieuse, quoique un peu recherchée » ; mais il blâmait dans *Le Notaire de Chantilly* « une fantaisie déréglée », dans *Le Médecin du Pecq* « un esprit aventureux, difficile, oblique », dans *Une Nuit blanche* quelque chose « de plus spirituel et de plus travaillé qu'il ne faudrait ». Une autre lithographie du temps nous montre Forgues lisant un livre qu'il tient de la main gauche, tandis que de la droite il agite un martinet. Le buste du critique se termine par une queue de serpent, dont les anneaux enserrent un personnage aux traits convulsés. Ce martyr, c'est Léon Gozlan.

L'auteur du *Notaire de Chantilly* n'était pas toujours commode : ses collègues de la Société des Auteurs dramatiques en savaient quelque chose. Le 1ᵉʳ janvier 1843, il écrivait à Forgues une lettre (publiée dans l'*Intermédiaire* par M. Maurice Tourneux avec ce titre un peu ambitieux : *Une profession de foi littéraire*) (1).

Dans cette lettre assez aigre, il priait le critique de ne plus s'occuper de ses œuvres. « Mon cher Forgues, Depuis bientôt huit ans que vous prenez la peine d'appliquer votre spirituelle critique à mes œuvres,

----

(1) *L'Intermédiaire*, t. XX (1887), col. 127.

vous devez vous apercevoir, sans doute à regret, car vous avez un but en me critiquant, que je ne me hâte pas d'entrer dans la bonne voie... Convenez que vous êtes un maître bien malheureux, et moi un élève fort rétif... Vous pouvez être spirituel, fin, caustique, bienveillant, surtout en traitant d'autres sujets, et moi, je vous l'avoue, je ne me réformerai jamais, mais jamais... » Et il terminait par ces mots : « Je fais un cas infini de votre caractère... Il ne faut que vous prier de rester mon ami en cessant d'être mon juge pour que vous compreniez le but de cette lettre. »

Le caractère, voilà qui vaut mieux, pour être respecté, que la camaraderie : Forgues en dépit de ses sévérités n'a eu que des amis.

XVII

Le plus ancien de tous était bien l'homme qui lui ressemblait le moins par la façon de penser et par la façon de vivre, c'était Gavarni.

C'est en 1826, au cours d'un séjour à Tarbes, que Guillaume Chevallier, le futur Gavarni, alors âgé de vingt-deux ans, connut son futur ami, alors enfant. Plus tard, ils se retrouvèrent à Paris, et le plus jeune devint pour son aîné « le confident ordinaire des rêvasseries intimes de son lever (1) », celui qu'il continuait de nommer affectueusement « Petit, petit », et qu'il se rappelait toujours avoir vu, dans un paysage pyrénéen, étendu sur un tapis, lisant dans un livre plus grand que lui.

Il faut saisir sur le vif, dans l'ouvrage des frères Goncourt, le croquis de cette intimité. Les Goncourt ont eu à leur disposition un certain nombre de lettres de Gavarni à Forgues, et il est évident

---

(1) Edm. et J. de Goncourt, *Gavarni, l'Homme et l'Œuvre...*, Paris, 1873, p. 176.

que celui-là leur a beaucoup parlé de celui-ci : ils le retrouvent à
tout instant (1). Qu'on en juge : Voici le jeune stagiaire conseil-
lant à l'artiste de ne pas se lancer dans l'aventure d'un journal à
lui appartenant, ce *Journal des Gens du monde* dont l'existence
éphémère (1833) devait l'endetter à tout jamais : que n'a-t-il écouté
ce conseil ! — Le voici aux soirées de la rue Blanche, où, dans une
société fort libre, sa correction de bourgeois, sa gravité amusait les
lorettes. « Cet avocat me fera mourir ! » s'écriait en pouffant une
des jeunes amies du maître de maison. — Plus tard, le voici aux
fameux samedis de la rue Fontaine-Saint-Georges, avec Balzac,
Henry Monnier, Tronquoy, et tous les autres. Sainte-Beuve nous
le montre aussi dans ce nouveau cénacle, et il dit la même chose,
plus académiquement. « Nommerai-je quelques-uns des gais amis
qui s'y réunissaient? C'était... Forgues, que la nature a fait distin-
gué, et que la politique a laissé esprit libre (2)... »

La critique est parfois une forme de l'amitié. Quand il eut pris
connaissance des *Petites Misères de la vie humaine*, Gavarni ne fut pas
satisfait, et il écrivit à l'auteur pour lui dire sa manière de voir. Sa
lettre est très peu connue ; elle se trouve dans le *National* du
8 décembre 1842, où elle est accompagnée de la réponse de Forgues.
Elle est curieuse, ne serait-ce que parce que Gavarni y apprécie
Grandville. Il y expose ses idées sur le critique et sur la critique :

> « Par le critique, j'entends le critique ; je ne veux parler ni
> de l'envieux, ni du médisant, ni de l'ignorant, ni même du
> pédant ; j'entends l'homme instruit, laborieux, parfaitement
> désintéressé, convaincu, sérieux, enfin comme tu es, mon
> vieux Nick... »

---

(1) Edm. et J. de GONCOURT, *op. cit.*, pp. 79 (note), 123-124 (note), 130-132, 147,
148, 150, 155 (note), 169, 176, 177-178, 232 (note), 243-244.
(2) SAINTE-BEUVE, *Nouveaux Lundis*, t. VI, p. 190.

Seulement, comme doctrine de critique, Gavarni veut une critique optimiste, indulgente au mal, compatissante aux misères de la vie, grandes ou petites, et attentive aux joies qui en sont la contre-partie. Texte et dessin, les *Petites Misères* ne sont pas loin de lui faire l'effet d'une mauvaise action, encore qu'il n'emploie pas le mot, et il leur reproche de ne montrer ·qu'un aspect de la destinée. Où est la vertu? où sont les qualités de l'être humain?

> « Il y a bien dans ton livre damné des *Misères* deux bons-hommes qui se donnent la main (1), mais ce n'est pas dans le bien que ceux-ci se comprennent, il s'en faut ! Ils se félicitent d'avoir été méchants commè quatre. Vraiment, il te fallait la traîtresse bonhomie de Grandville, Old Nick, il fallait cette naïveté si rare du vrai comique dans la forme pour faire passer cette amertume de l'idée. Grandville a-t-il été assez moqueur ! assez hypocrite et impitoyable ! Mais, vers la fin, sa joie ne se contient plus ; le masque tombe : il faut qu'il achève ce pauvre bourgeois, ce pauvre grand seigneur, ce pauvre merveilleux, ces pauvres femmes, jusqu'au chat, jusqu'au chien... Oh ! vous pouvez vous donner la main. Vous n'avez eu de pitié pour personne ni l'un ni l'autre ; pas une de nos misères n'aura échappé à ce martyrologe. Voyons, vieux Nick, est-ce sérieusement ? Ne nous rendras-tu rien de ce que tu nous ôtes là ?... »

Old Nick aurait pu objecter que les cercles d'infortune par lui parcourus n'avaient rien de si dantesque. Très spirituellement, il se contente de renvoyer Gavarni à son œuvre :

> « Il faut maintenant te rendre compte de la Vie humaine que je t'ai gâtée, à ce qu'il paraît, en dressant le désespérant catalogue de ses *Petites Misères*. Dis-tu vrai, mon camarade? En ce cas, ma foi, j'ai peut-être eu tort de le prendre ainsi...

(1) Allusion à un dessin représentant Old Nick et Grandville. On le trouvera reproduit plus loin.

Eh ! mais, j'y pense, que ne m'as-tu prêté ta lorgnette ? J'aurais décrit les joies de l'amour telles que tu les racontes dans tes *Maris vengés* ; les délices de la paternité comme nous les voyons dans les *Enfants terribles* ; les avantages du célibat, amplement démontrés par la *Vie de jeune homme* ; enfin les Plaisirs du Plaisir, qu'on évalue si haut après avoir familièrement vécu avec tes *Débardeurs* et tes *Lorettes*.

« N'est-il pas vrai qu'en procédant ainsi, Grandville et moi, nous aurions acquis des droits à la reconnaissance des cœurs naïfs ? respecté beaucoup d'illusions, et disposé nos lecteurs, — toi surtout, mon vieil ami, — à bénir chaque matin la Providence ? »

C'était sans réplique. Mais qui donc aurait soupçonné chez le grand satirique du crayon ce culte secret d'une philosophie souriante ?

Son style n'était pas toujours aussi solennel. Quand Forgues se maria, il lui écrivit sur un ton comiquement affligé ce billet que nous ont conservé les Goncourt : « Mon ami, tu me serres le cœur ! C'est en riant que tu dis cet adieu à la jeunesse. Ingrat ! — Pauvre vieux Nick ! — Oui, je serai là jeudi, bien sérieux, va !... Je connais un môssieu qui aura joliment larmoyé derrière ton corbillard ! — Enfin ! — à jeudi. » — GAVARNI, 11 mars 1844. » Plaisanterie d'atelier qui n'empêchait pas l'artiste de se marier lui-même l'année suivante.

Il faut rapprocher de ces renseignements des lettres écrites par Gavarni à Émile Forgues de 1832 à 1852, lettres que M. Eugène Forgues a utilisées dans une notice qu'il a consacrée à Gavarni (1). Celui-ci y entretient son ami des incidents de sa vie, de ceux qui avaient pour lui un intérêt que nous n'épousons pas toujours (ren-

---

(1) Eugène FORGUES, *Les Artistes célèbres* ; — *Gavarni*, Paris, J. Rouam, éd. (1887), gr. in-8, 71 pp., fig. et pl.

contre, passage de l'Opéra, d'une pauvre folle, jeune, jolie et enceinte ; beaucoup de détails). Surtout, il l'entretient de ses embarras financiers et le remercie pour des services reçus... Il le presse d'écrire dans *Paris*, le journal du comte de Villedeuil, auquel il donnait lui-même des dessins. Il approuve fort l'idée des *Histoires de rue*, un ouvrage projeté par Forgues, et qu'il ne fit pas. Enfin il lui conseille beaucoup d'aller voir Edmond et Jules de Goncourt, « de braves petits garçons, qui sont froids en dessus seulement ».

En 1866, Gavarni décédait. Forgues eut sûrement beaucoup de chagrin. A la maison mortuaire, il se produisit des incidents macabres. On lit dans le *Journal* des Goncourt : « 6 décembre. Gavarni vient de mourir... Je suis allé chez Forgues qui nous a peint l'horreur de cet enterrement ; la maison en carton suintant l'eau ; une porte qu'il ouvre et qu'on repousse sur lui, en disant : On est à le mouler (1)... »

Pauvre Old Nick ! C'était lui, cette fois, qui avait, de vrai, *larmoyé derrière le corbillard !*

XVIII

Pour en finir avec Gavarni, laissons l'homme et revenons pour un instant à l'œuvre.

L'étude ci-dessus mentionnée de M. Eugène Forgues apporte une contribution qui nous intéresse à la question des légendes de Gavarni. On sait que les Goncourt tenaient de Gavarni que l'artiste faisait d'abord son dessin, cherchait ensuite et trouvait (et trouvait bien !) la légende. Que cette confidence doive être prise au pied de la lettre, je n'en jurerais pas. Gavarni lui-même reconnaissait devoir

(1) *Journal des Goncourt*, t. III, p. 89.

une légende à Forgues (1). Celle-ci, chose curieuse, est en vers, ce qui enrichit d'autant le *thesaurus* de notre auteur. Elle commente une pièce de la série des *Débardeurs* :

> Pauvre Elvire, emportée aux flots du bal Musard,
> Où tu cherchais Don Juan, tu trouves Chicandard (2).

Mais, remarque M. Eugène Forgues, il est *deux* autres légendes dont Gavarni était redevable à son ami. « Le *Veux-tu le sauver, sauvage !* avait été entendu sur le vif par mon père et rapporté par lui à Gavarni (3). » Quant à l'autre légende, elle figure sous un dessin qui porte cette signature : « GAVARNI, *d'après É. Forgues.* » Donc, pas de doute possible.

C'est une scène de la vie de théâtre. Un père noble en costume moyenâgeux tend son verre à une jeune femme en travesti. Légende : « GONZALÈS. *Versez, jeune page, versez à pleins bords le vin doré des Espagnes !* — LE PAGE (bas). *Tin, tin, tin, tin, vlà le coco ! et du soigné, qui ne te tapera pas sur la tête. Va toujours* (4) ! »

Vers 1839, Gavarni donna à Forgues un album comprenant vingt-huit épreuves avant la lettre de ses dernières lithographies, sous lesquelles il avait lui-même inscrit les légendes en fines pattes de mouche. Le recueil était intitulé : *Une semaine de travail !* Quel travail ! et quand on pense au prix dérisoire qu'il a dû être payé !

Gavarni a fait de Forgues, ou plutôt d'Old Nick, deux lithographies.

---

(1) GONCOURT, *Gavarni,* p. 274.
(2) *Charivari,* 27 avril 1840. J. ARMELHAULT et Emm. BOCHER, *L'Œuvre de Gavarni...*, *Catalogue raisonné,* Paris, 1873, in-8, p. 128.
(3) Une femme en débardeur, les mains dans ses poches, apostrophe en ces termes un homme en sauvage qui lui fait une déclaration. *Caricature,* 26 décembre 1841 ; *Charivari,* 16 février 1842. ARMELHAULT et BOCHER, pp. 56 et 105.
(4) *Charivari,* 29 octobre 1838. ARMELHAULT et BOCHER, p. 123.

L'une a été publiée par le journal *Paris,* le 26 avril 1853, dans une série de neuf portraits, intitulée *Messieurs du Feuilleton* (1). Les autres portraits sont ceux d'Edmond et Jules de Goncourt, Henri Murger, Théodore de Banville, Eugène Cretet, Alphonse Karr, Henry Monnier, Léon Gatayes et Louis Énault. Forgues était en bonne société. — Le portrait des frères Goncourt est une planche très célèbre.

L'autre lithographie est de toute rareté. Elle fait partie de ces portraits de Gavarni qui n'ont pas été mis dans le commerce, n'ayant été tirés que pour les personnes qu'ils représentent. Il n'existe de celui-ci que quelques exemplaires, tous sans lettre. C'est une lithographie à claire-voie, comme disent les marchands d'estampes, c'est-à-dire sans encadrement. Forgues est représenté de profil, tourné à droite, en costume de diable, assis sur un tabouret devant un secrétaire dont la tablette est chargée de livres, la tête enfoncée dans un volume, une main derrière sa tête, tenant une plume d'oie (2). Cette effigie, antérieure certainement à 1840, n'est pas moins ressemblante, paraît-il, que la précédente, malgré son intention inoffensivement satirique. (Forgues abusait de la permission d'être myope).

Enfin la charmante aquarelle, entièrement inédite et inconnue de tous les spécialistes, dont nous donnons un fac-similé en tête de cette notice est datée de 1835. Elle est donc de très peu postérieure au temps où Émile Forgues, venant en diligence à Paris, se voyait arrêter parce que la police l'avait pris pour la duchesse de Berry déguisée en homme.

Maintenant, ouvrons les *Nouveaux Lundis,* et nous allons y

(1) ARMELHAULT et BOCHER, p. 14.
(2) *Ibid.,* pp. 5-6.

OLD NICK
Fac-similé d'une lithographie très rare de GAVARNI.

trouver le commentaire, si je puis ainsi parler, de ces deux dernières représentations de notre personnage.

Dans son importante étude sur Gavarni, Sainte-Beuve met en
fait que le grand artiste a le « crayon innocent », qu'il ne réussit
pas dans l'outrance, et que la caricature, triomphe de Daumier,
n'est pas son domaine. Je ne discute pas le plus ou moins de justesse de cette opinion et je transcris ce qui suit :

> « J'ai vu de sa façon, dit-il, un portrait aquarelle de son
> vieil ami Old Nick, portrait de tout jeune homme, long, fluet,
> riant, couché, la tête renversée en arrière, les jambes étendues,
> dans cette délicieuse position horizontale ou demi-horizontale
> que l'artiste aime à reproduire, et par laquelle il exprime à
> ravir le *farniente,* la flânerie, cette première condition du
> bonheur. Il a voulu, tout à côté, faire du même Old Nick une
> charge, et il n'a réussi qu'à faire un portrait moins bien, en
> triste et en laid. Gavarni a bien des cordes, il n'a pas celle de
> la caricature proprement dite... (1) »

Comment Sainte-Beuve connaissait-il ces deux portraits, entièrement ignorés du public ? — Sainte-Beuve connaissait tout !

XIX

Nous sommes moins renseignés sur l'amitié de Forgues et de
Grandville.

Il existe pourtant un témoignage visible des bons rapports qui
unissaient les deux auteurs des *Petites Misères de la vie humaine.*
Le dessinateur a représenté l'écrivain dans un certain nombre de

---

(1) SAINTE-BEUVE, *Nouveaux Lundis,* t. VI, p. 151.

ses illustrations, principalement au début du volume. Il avait,
paraît-il, l'intention de le faire figurer dans toutes, mais il dut

renoncer à ce projet plus amical
que pratique.

Un jour vint où Gavarni voulut
connaître Grandville. Mais les deux
caractères étaient bien différents.
Gavarni était le plus sociable des
hommes. Grandville était un sau-
vage, fuyant les sociétés et « n'ayant d'esprit, dit Sainte-Beuve,
que dans ses croquis ». Cependant, comme Gavarni tenait à son
idée, il s'adressa à Forgues, qui consentit à s'entremettre, et c'est
encore Sainte-Beuve qui nous montre en termes amusants le résultat
de la négociation :

> « Grandville fut très flatté, mais il s'en fit une affaire.
> Forgues les voulait réunir à dîner, soit au Cercle, soit au
> restaurant. Grandville s'effraya à l'idée du Cercle ; il crut voir
> dans ce mot toute l'image d'un souper-Régence. Le dîner à
> trois se fit. Grandville s'y prépara comme à un événement ; il
> se pommada, se parfuma et crut n'en avoir jamais fait assez
> pour être à la hauteur. Gavarni en fut pour ses frais de naturel
> et ne réussit point à le familiariser. Ce dîner trop laborieux ne
> recommença pas (1). »

Ce que Sainte-Beuve ne dit pas, c'est que Mme Grandville,
se méprenant sur les intentions de son mari, avait vu d'un très
mauvais œil cet accès d'un dandysme qui était si peu dans ses
habitudes !

Grandville eut toujours des sentiments amicaux pour son collabo-
rateur des *Petites Misères*. Quand il publia avec Taxile Delord,

---

(1) SAINTE-BEUVE, *op. cit.*, p. 193.

en 1844, l'ouvrage humoristique, fantaisiste et fantastique, intitulé *Un autre Monde*, je suis sûr que c'est lui qui eut l'idée de cette épigraphe : « Voyager, c'est vivre. OLD NICK. »

XX

De Grandville et de Gavarni à Lamennais, il serait vain de chercher une transition.

Émile Forgues a été un des grands amis de Lamennais, ami dévoué et fidèle jusqu'à la dernière heure. Comment, encore enfant, il l'avait vu pour la première fois, c'est ce qu'il a raconté lui-même. Son récit a beaucoup de grâce, et je me reproche de l'écourter. Sa mère l'avait conduit aux eaux de Saint-Sauveur, dans les Pyrénées, pour y parfaire une convalescence. Lamennais (ou plutôt, car nous sommes en 1826, M. de La Mennais) s'y trouvait aussi, déjà malade, épuisé de fatigue et de fièvre. Un jour, arriva à l'adresse de Mme Forgues une lettre du baron de Vitrolles qui lui recommandait Lamennais. Vitrolles était un grand ami de la famille Forgues, et, d'autre part, il avait, il eut toujours une grande affection pour Lamennais, avec qui il avait fait cause commune au journal *Le Conservateur*. Le jeune Forgues fut chargé par sa mère de porter une lettre à l'illustre malade. Je lui laisse la parole.

« J'avais treize ans. Le nom de Lamennais était pour moi une sorte de mythe... A mon imagination d'enfant, il représentait un de ces princes de l'Église qu'on voit sur les fresques ou les vitraux de cathédrale, avec les clefs, le livre d'or ou l'épée symboliques, dans une draperie éclatante ou sombre, la barbe ruisselante sur la poitrine, le geste inspiré, le regard au ciel... On m'introduisit dans une très petite chambre, à l'arrière d'une de ces maisons, plaquées aux rochers, qui composent l'unique rue du village pyrénéen. Le Gave y envoyait son grondement sourd et monotone ; une petite cascade, plus voisine, la fraîche plainte de ses eaux brisées. Dans une sorte de pénombre grisâtre, je distinguai deux hommes ; — l'un maigre et chétif, la tête abaissée sur sa poitrine, assis dans un grand fauteuil de paille ; — l'autre, debout à côté de lui, la tête haute, les épaules effacées, le regard animé. Le premier était Lamennais ; le second, son compagnon de route, son garde-malade, était l'abbé de Salinis, figure méridionale, brune et grasse, aux contours arrondis et fermes, sans caractère bien marqué cependant, et de celles qu'on peut voir tout aussi bien sous le képi du soldat que sous la calotte du prêtre.

« Tous deux me firent accueil, m'annoncèrent qu'ils viendraient remercier ma mère ; tous deux m'engagèrent à revenir les voir souvent, le matin, le soir, quand je voudrais. Je me trouvai ainsi, moi chétif, de plain-pied, sans pouvoir en apprécier la valeur, dans cette intimité que m'eussent enviée bien des puissants de la terre.

« Elle me devint bientôt précieuse, à mon point de vue tout particulier, et parce que, en définitive, *je m'amusais beaucoup,* — qu'on me passe l'expression, — en compagnie des deux abbés. Ils m'emmenaient dans leurs promenades, qui jamais n'étaient bien longues... »

Et l'on s'exerçait à la cible, avec des cailloux, sur quelque vieux mur, ou bien Lamennais, s'asseyant au pied d'un arbre, faisait traduire à l'enfant un passage de l'Imitation, et le lui commentait éloquemment. Pour comprendre l'enthousiasme juvénile de ces souvenirs, il faut se représenter ce qu'était Lamennais à cette époque. On croyait qu'un *nouveau Bossuet* était né à la chrétienté, et il avait déjà l'auréole de la souffrance physique et des afflictions endurées pour ses opinions.

Ainsi commencèrent pour Émile Forgues des relations qui, dit-il, « ont tenu dans sa vie une large place ». Il n'abandonna jamais

« son illustre ami », et quand Lamennais, en 1841, passa une année entière à Sainte-Pélagie, il fut un de ceux qui lui apportèrent assidûment le réconfort de leur assistance. (Il fit connaissance, à cette occasion, avec Béranger.)

Puis, ce fut la fin. Le 27 février 1854, tout en haut d'une modeste maison du quartier des Blancs-Manteaux, le pauvre Féli acheva de souffrir. Vous étiez loin alors, jours des flâneries presque joyeuses sous les ombrages de Saint-Sauveur !

Forgues reçut les derniers adieux du moribond, guettant, lui qui n'était pas de ceux qui le souhaitaient, guettant anxieusement, par un scrupule de haute délicatesse morale et pour y faire droit tout de suite s'il se produisait, le revirement possible dans « les inquiétudes de l'heure qui finit tout », — le revirement qui ne vint pas.

« J'avais été mandé par son ordre, quand il se fut dit que l'heure suprême n'était plus loin. Penché sur lui, j'avais reçu le dernier adieu qu'il envoyait à son vieil ami, M. de Vitrolles... Je ne quittai plus la maison... Le jour était revenu... L'agonie durait encore, et, détournant un instant mes yeux d'un si cruel spectacle, je m'étais approché de la fenêtre. On voyait de là quelques petits jardins, encaissés dans de hautes maisons, le sombre squelette des arbres dépouillés, les allées noires autour des gazons flétris. Le pâle soleil d'hiver, traversant la vapeur matinale, jetait sur ce mélancolique tableau un éclat humide et voilé. Au bord d'un des toits voisins, quelques colombes couraient. Deux d'entre elles, s'envolant tout à coup et traversant l'air, blanches dans un blanc rayon, vinrent s'abattre précisément sur le rebord de la fenêtre mortuaire. Une imagination un peu exaltée eût pu voir en elles deux anges envoyés pour recevoir l'âme tourmentée, et la conduire au sein de l'éternel repos. — L'âme s'exhala peu d'instants après. »

XXI

Par son testament, rédigé deux mois avant sa mort, Lamennais avait légué à une personne non encore désignée, et qu'il se réservait de désigner ultérieurement, tous ses papiers, « autres que ceux d'affaires », contenus dans une caisse fermée et déposée dans sa bibliothèque.

Un codicille, écrit deux jours après, désignait Forgues.

> « Je déclare que M. Émile Forgues est la personne à laquelle j'entends que ces papiers soient intégralement remis, m'en rapportant à lui pour le choix de ce qui devra en être publié, aussi bien que pour l'époque de cette publication, concernant laquelle mes intentions lui sont d'ailleurs connues par les instructions que je lui ai verbalement données. — A cet effet, je l'institue en tant que de besoin par le présent codicille légataire en toute propriété desdits papiers, ainsi que de l'ouvrage intitulé : *Discussions critiques et Pensées diverses sur la Religion et la Philosophie,* et des articles insérés par moi dans divers journaux... »

Voilà donc Forgues qui reçoit mandat *in extremis* de publier les œuvres posthumes de son illustre ami, celles qui devaient donner l'expression confirmée et définitive de ses opinions philosophiques. et, comme dit Forgues, de « la foi qu'il s'était faite ».

Un volume parut d'abord, intitulé :

F. Lamennais, *Œuvres posthumes publiées selon le vœu de l'auteur* par E.-D. Forgues. — *Mélanges philosophiques et politiques,* Paris, Paulin et Le Chevalier, éd., 1856, in-8, 438 pp.

Ce volume contenait : *Discussions critiques et Pensées diverses* ; — *Pensées sur la Vieillesse* ; — *Du Procès d'avril et de la République.*

Forgues se disposait ensuite à réunir et à éditer la correspondance, lorsqu'un procès vint interrompre cette publication. Voici dans quelles circonstances.

Parmi les manuscrits que renfermait la caisse indiquée par le testament, il s'était trouvé plusieurs paquets de lettres, classées, étiquetées et annotées par Lamennais. Dans le prospectus que Forgues fit imprimer à l'occasion de la mise au jour par lui entreprise de cette correspondance, il indiquait que cette mise au jour pourrait éprouver quelque retard, à cause du temps qu'il lui faudrait pour recueillir certaines lettres ou certains documents *qui se trouvaient entre les mains de tierces personnes.*

C'est alors que Mme de Kertangui, nièce du *de cujus* et légataire universelle, s'adressa à la justice pour faire juger que le légataire particulier des papiers en question ne pourrait publier que les lettres *trouvées au domicile du disposant.*

Le 9 août 1856, la première chambre du Tribunal civil de la Seine rendait un jugement qui repoussait purement et simplement la demande de la légataire universelle et déclarait parfaitement légitimes les agissements et intentions du légataire particulier. Pour quelles raisons ? Attendu, dit le jugement, qu'il résulte des documents et faits de la cause que les « papiers d'affaires » ont seuls été exclus du legs :

> « Qu'il en résulte également que, plein de confiance en son légataire, le testateur n'a pas entendu limiter les autres papiers légués à ceux qu'il avait déposés ou renfermés dans une caisse ou dans les armoires de sa bibliothèque ; mais qu'il a fait par là une simple indication non exclusive du droit pour le légataire de recueillir partout ailleurs, et même dans les mains de

10

tiers, la correspondance ou les écrits du testateur, et d'y faire, en vue de la publication, le choix que le testateur y aurait pu faire lui-même, et pour lequel sa pensée a été de substituer son légataire... »

Mme de Kertangui fit appel de ce jugement.

Bien lui en prit. Le 4 mai 1857, la première chambre de la Cour d'appel rendait un arrêt qui infirmait le jugement, déclarait fondée la demande de la légataire universelle, et, en conséquence, faisait défense à Forgues de comprendre dans la publication annoncée d'autres écrits que ceux qui avaient été trouvés dans la caisse susdite. La cour, pour adopter une décision toute contraire à celle des premiers juges, considérait « que la formule des testament et codicille de feu Robert de Lamennais ne comportait pas d'équivoque », et qu'on ne saurait « étendre les termes du codicille à des écrits qui ne dépendaient pas de la succession quand elle s'est ouverte » ;

> « Qu'il suit de là qu'en voulant joindre à la publication des papiers trouvés dans la succession du défunt des écrits recueillis de côtés différents, Forgues excède le droit qu'il tient de la confiance et de la libéralité de feu Lamennais ;
> « Qu'il pourrait arriver qu'en mêlant à la reproduction d'œuvres inédites, mais que Lamennais a connues et classées et dont il a pu apprécier la valeur morale, des correspondances effacées de son souvenir, il compromît le nom et la réputation de son auteur ;
> « Que la famille a le droit de s'opposer à ce qu'en l'absence d'une clause qui l'y autorise expressément et par sa seule volonté il se rende l'arbitre d'aussi chers intérêts... »(1).

Forgues perdait son procès sur toute la ligne.

J'avoue que j'ai peine à comprendre comment il avait pu le

(1) J. Pataille et A. Huguet, *Annales de la Propriété industrielle, artistique et littéraire*, 1857, t. III, pp. 280-284.

gagner en première instance. Pour le tribunal, Lamennais avait mal rédigé son testament, n'avait pas dit toute sa pensée. C'est possible. Et encore n'est-ce pas sûr. Ce qui est sûr, c'est qu'il avait investi Forgues du droit de publier certaines lettres, et pas d'autres. S'il est un cas où les expressions testamentaires doivent être strictement opérantes, c'est quand elles ont par elles-mêmes un caractère limitatif.

L'avocat à qui Forgues avait confié sa cause était Senard, — un libéral. Le haut magistrat qui avait rendu l'arrêt, le premier Président à la Cour d'appel, était une vieille connaissance de Forgues : c'était Delangle. Il avait quitté le barreau, comme son secrétaire, et il s'était rallié à l'empire.

Force fut donc à Émile Forgues de n'offrir au public la correspondance de Lamennais qu'avec la discrétion dont l'arrêt de la cour lui faisait une loi. Il donna :

Œuvres posthumes de Lamennais publiées selon le vœu de l'auteur par E.-D. Forgues. *Correspondance.* Paris, Paulin et Le Chevalier, éd., 1859. 2 vol. in-8, cxxii-424 et 504 pp.

Nouvelle édition, Paris, Didier et Cⁱᵉ, éd., 1863, 2 vol. in-8, 499 et 524 pp.

Ces deux volumes sont précédés d'une longue introduction, intitulée *Notes et Souvenirs* (pp. 1-139 dans l'éd. de 1863). Celle-ci contient des détails biographiques qui ne sont pas sans intérêt (1). Forgues s'y montre « mennaisien » très déclaré et loyal, correct et homme du monde dans ses antipathies comme dans ses amitiés. Au point de vue littéraire, on y trouve des pages qui sont parmi les meilleures qu'il ait signées. C'est à elle que j'ai emprunté les renseignements et citations qui précèdent.

(1) Elle a été ignorée par l'auteur d'une récente thèse de doctorat : Christian Maréchal, *La Jeunesse de La Mennais*, Paris, Perrin et Cⁱᵉ, éd., 1913.

Plus tard, il publia encore :

Dante. Lamennais. *La Divine Comédie, traduite et précédée d'une Introduction sur la vie, la doctrine et les œuvres de Dante. Œuvres posthumes de F. Lamennais publiées selon le vœu de l'auteur* par É.-D. Forgues, Paris, Didier et C¹ᵉ, éd., 1863, 2 vol. in-16.

Forgues présente l'Introduction (inachevée) comme « le plus magnifique commentaire que la trilogie dantesque ait dû à ses innombrables interprètes ». C'est en tout cas un document que ne devront pas négliger ceux qui voudront étudier le dernier état de la pensée anticatholique de Lamennais (1).

En somme, le procès dont j'ai rendu compte, et auquel le nom de Lamennais valut à l'époque quelque retentissement, était un pur débat de fait, qui ne touchait pas aux principes de la propriété littéraire. Les principes, Sainte-Beuve s'y élevait d'un coup, avec la belle vaillance que les hommes les plus intelligents apportent quelquefois dans les questions pour lesquelles ils manquent de compétence spéciale. « Cette correspondance, disait Sainte-Beuve, par suite d'une opposition de famille et d'un procès dans lequel nous n'avons pas à entrer, n'a pu être donnée qu'incomplètement ; les deux volumes sont, à tout instant, semés et comme étoilés de lacunes qu'on regrette. Le public a droit de se plaindre, dans ce cas, de l'application du droit de propriété littéraire ; et si ce droit

---

(1) Emile Forgues avait également reçu en dépôt les mémoires du baron de Vitrolles, qu'il n'édita pas et qui ont été édités par son fils : *Mémoires et relations politiques du baron de Vitrolles, publiées selon le vœu de l'auteur* par Eugène Forgues, Paris, Charpentier, éd., 1884, 3 vol. in-8. — Cf. *Correspondance inédite entre Lamennais et le baron de Vitrolles, publiée avec une introduction et des notes,* par Eugène Forgues, Paris, Charpentier, éd., 1886, in-8. — *Lettres inédites de Lamennais à Montalembert, avec un Avant-propos et des Notes,* par Eugène Forgues, Paris, Perrin et Cⁱᵉ, éd., 1898, in-8.

s'étend, comme plusieurs personnes le désirent, le cas se repro-
duira souvent. »

Sainte-Beuve faisait allusion par ces mots à un projet de loi qui
devint la loi du 14 juillet 1866. Cette loi, en effet, porta de trente à
cinquante ans après la mort de l'auteur la durée pendant laquelle
les droits d'auteur sont conservés au profit des héritiers, et pendant
laquelle, par conséquent, il est loisible à ceux-ci de s'opposer à toute
publication. Sainte-Beuve voyait avec chagrin l'extension du droit
privatif. Il raisonnait en ami de l'érudition, non en juriste. Il
ajoutait mélancoliquement : « Le point de vue des familles n'est
pas nécessairement celui du monde littéraire et philosophique ; il
serait plutôt tout l'opposé (1). » Malheureusement pour les érudits
et critiques pressés, il est de plus en plus celui de la jurispru-
dence. Elle a bien eu quelques hésitations et tâtonnements (2).
Des auteurs ont souhaité qu'une loi spéciale intervînt, qui régle-
mente une bonne fois la matière. A quoi bon ? répond la doctrine
la plus récente : le droit commun suffit. « La propriété littéraire
d'une correspondance appartient exclusivement à celui qui en est
l'auteur, ou à ses héritiers et légataires (3). »

XXII

En 1848, lors des élections pour la Constituante, Forgues s'était

---

(1) SAINTE-BEUVE, op. cit., t. I, p. 22 (23 septembre 1861, Correspondance de
Lamennais publiée par M. Forgues).
(2) J'ai analysé ailleurs des décisions relatives aux lettres de Mérimée. Voir Sur
Mérimée, Notes bibliographiques et critiques, Paris, H. Leclerc, éd., 1908, pp. 21-31
et 81-86 ; — et Un Post-Scriptum sur Mérimée, Paris, H. Leclerc, éd. 1911, pp. 4-11.
(3) Ludovic JARDEL, Essai d'une théorie pratique nouvelle de la Correspondance épis-
tolaire (ouvrage couronné par l'Académie des Sciences morales et politiques, prix
Odilon Barrot), Paris, 1911, pp. 270-288 et 298-311.

présenté sans succès dans les Hautes-Pyrénées ; il ne fut pas plus heureux dans le Gers à l'occasion d'une élection partielle.

Le coup d'État, qui ne trouva jamais grâce à ses yeux, le ramena au journalisme.

En octobre 1852, paraissait le journal *Paris*, journal littéraire quotidien (une nouveauté et une audace !). Le rédacteur en chef était le comte de Villedeuil. Il s'était assuré le concours des plus brillants représentants de la littérature du jour, Murger, Scholl, Banville, Karr, Méry, Alexandre Dumas fils, sans compter ses cousins, Edmond et Jules de Goncourt, qui écrivirent le premier article de tête. Chaque numéro donnait une lithographie inédite de Gavarni.

On lit dans le *Journal* des Goncourt : « A la table de la rédaction s'asseyaient journellement... l'ami Forgues, un méridional congelé, ayant quelque chose d'une glace frite de la cuisine chinoise, et qui apportait d'un air diplomatique des articles artistiquement pointus (1). » Le portrait n'est pas entièrement bienveillant : les Goncourt sont toujours les Goncourt. Il nous montre cependant le personnage avec cette distinction et ces qualités de tenue et de réserve dont nous avons déjà rencontré des témoignages.

Que Forgues fût au *Paris* un ami de la maison, c'est ce que suffirait à prouver son portrait par Gavarni dans la série *Messieurs du Feuilleton*, portrait dont j'ai parlé plus haut. Mais il donna en tout et pour tout au journal (2) *Huis-clos parisiens, — Dessus de portes et dessous de cartes*, tableaux de la vie mondaine qui, en effet, ne pèchent pas par excès de simplicité.

Le *Paris*, qui s'intitulait *Journal non politique*, eut le malheur de

---

(1) *Journal des Goncourt*, t. I, p. 32 (janvier 1853).
(2) 18 février, 4, 15 et 24 mars 1853.

déplaire au pouvoir, qui mit fin à son existence par jugement correctionnel en décembre 1853.

On a voulu que Forgues ait « repris sa place dans le journalisme militant en 1859, et collaboré activement à la *Presse* jusqu'à l'arrivée de Girardin (1) ».

En réalité, ses articles dans la *Presse* vont du 8 octobre 1861 au 13 novembre 1862. Ce sont des chroniques de première page, assez fréquentes (cinquante et une en tout), signées E. D. Forgues, et uniquement consacrées à la politique étrangère. L'auteur y passe en revue les questions anglaises, bien entendu ; — américaines : c'est l'époque de la guerre de Sécession, et l'on devine que Forgues n'est pas favorable au Sud esclavagiste ; — italiennes et romaines, et l'on devine qu'il n'est pas favorable au pouvoir temporel ; — germaniques enfin, soit autrichiennes, soit allemandes. C'est l'époque où le comte de Bismarck déclare effrontément ses ambitions nationales, dont on sourit avec indulgence.

A la fin de 1862, Émile de Girardin reprend la direction de la *Presse*, et la signature de Forgues cesse d'y figurer.

Elle n'apparaît plus dès lors que dans les recueils littéraires, dans ceux que j'ai énumérés (on sait quelle somme de travail représentent ces articles), dans d'autres encore, comme l'*Illustrated London News*.

En 1870, il cessa d'écrire. Il souffrit d'une longue et cruelle maladie, et s'éteignit à Cannes, le 22 octobre 1883 (2).

*
* *

Et voilà, — pour revenir à notre point de départ, — un stendha-

(1) Ch. Le Goffic, article *Forgues*, dans la *Grande Encyclopédie*, t. XVII.
(2) *Bulletin du Bibliophile*, 1883, p. 539.

lien de la première heure dont je voudrais être approuvé d'avoir
cherché à faire revivre la figure, aujourd'hui trop effacée peut-être.
Il a salué dans la presse les œuvres de Stendhal; il a été en bons
termes avec lui; il a pleuré sa mort. Il avait discerné le génie de
l'écrivain et il n'oubliait pas l'ami disparu. C'était un esprit avisé,
— et un galant homme.

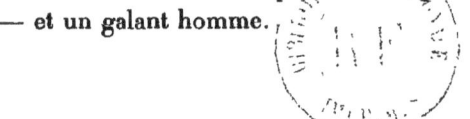

TABLE DES NOMS PROPRES

CHARTRES. — IMPRIMERIE DURAND, RUE FULBERT.